Nathalie Février

La chute finale
25 juillet 1924

Roman

Édition : BoD · Books on Demand,
31 avenue Saint-Rémy,
57600 Forbach, bod@bod.fr
Impression : Libri Plureos GmbH,
Friedensallee 273, 22763 Hamburg
(Allemagne)
ISBN : 978-2-3226-3485-9
Dépôt légal : Juin 2025

© Nathalie Février 2025

À celles et ceux qui savent écouter

Prologue

Je suis allongée sur une table recouverte d'une serviette éponge, la pièce lumineuse me plaît. Une voix murmure tandis qu'une main touche mon poignet, mon pouls. Les doigts perçoivent ce que j'ignore encore. La séance commence.
Je ne bouge pas. J'ai l'impression d'être anesthésiée par de légères pressions digitales sur le corps, ma vue est happée par l'observation de gestes minutieux et lents. Une sensation capiteuse déjà éprouvée, je revois le délicat ballet de mains traçant un liseré d'or sur une tasse en porcelaine au musée de Sèvres. Un mélange de fascination et de tranquillité qui m'amène dans un état d'apesanteur. Je ne m'endors pas. Une disponibilité mêlée à une acuité me permet d'être prête à tout entendre. Une bulle protectrice laisse filtrer des mots et des sons. L'ostéopathe écoute mon corps. Elle rompt le silence en murmurant.
"Vous vous sentez proche de quelqu'un de votre famille ? Une personne décédée peut-être.
Mes paupières relâchées se ferment doucement. Je réponds sans réfléchir.
- Non, pas vraiment, c'est presque le contraire, je ne me sens proche de personne en particulier.

- J'ai l'impression que quelqu'un joue un rôle important, quelqu'un qui vous permettrait de raccrocher avec vos ascendants "
J'ai besoin d'une longue inspiration puis d'une expiration bruyante.
- Oui, peut être...
Un souffle léger frôle mon cou et enveloppe mon visage. Une sensation de chaleur envahit mon torse puis disparaît. L'air inspiré devient plus frais et s'infiltre lentement comme la perception d'un vent doux et nouveau. Derrière les yeux clos, des lignes lumineuses apparaissent et inondent ma tête. Me revient alors une histoire familiale autour d'un homme peu ordinaire. Ni cultivateur, ni maçon bien qu'issu d'une lignée de paysans et de tailleurs de pierre creusois. Un homme que je n'ai jamais connu et qui prenait chair dans le récit de Lolo, ma tante que je ne connaissais que par ce surnom. Elle faisait de lui une figure hors du commun. Elle adorait répéter *"On parle de lui dans le film* Quai des Orfèvres, *si, si, Jouvet le dit bien, il prononce son nom et dit qu'il a été tué, jeté dans la Seine"*.
Cinéma, mort mystérieuse, de quoi alimenter l'imagination et la curiosité d'une petite fille avide de tout comprendre. Lolo rayonnait lorsqu'elle parlait de son grand-père qu'elle n'avait pourtant jamais rencontré.
- Je sens quelque chose de fort, un lien existe, c'est sûr." Me dit l'ostéopathe d'une voix posée puis elle me sourit.

Une heure vient de s'écouler. Cet homme revenu dans ma mémoire est mon arrière-grand-père. Je ne m'étais pas soucié de lui jusqu'à présent mais il remonte à la surface. Je rentre chez moi à pied. Dans une petite rue calme j'ai l'impression d'entendre mes pas, de percevoir la poussière qui se dépose sur moi puis s'envole, de voir les moindres détails qui m'entourent, le chewing-gum aplati sur le trottoir ou un moucheron sur une feuille. Une voiture aux fenêtres grandes ouvertures passe lentement à mes côtés, la mélodie au piano de *Vedrai, vedrai* (tu verras, tu verras) m'immobilise. La voix de Luigi Tenco envahit l'espace et les violons entraînent mon regard vers un passereau que je suis des yeux au rythme lent de la chanson. Quelques jours plus tard, j'ai la sensation qu'Henri, le grand-père de mon père, s'adresse à moi sur un ton familier, comme s'il me connaissait depuis toujours. Un tutoiement doux à mes oreilles qui ne fait que commencer. Je l'écoute me raconter sa vie mais aussi éclairer la mienne.

***

« Je suis mort un jour de l'été 1924 à Paris, mon corps est tombé dans la Seine mais je ne sais plus comment ni pourquoi. A toi, mon arrière-petite-fille, je voudrais te transmettre ce que je sais. Ton intuition et ton sens de l'observation feront le reste. Tu sauras comprendre mes signes et ma mémoire. »

***

L'enfance sait ce qu'elle veut. Elle veut sortir de l'enfance
Jean Cocteau, *La difficulté d'être*, 1947

1

Les châtaignes

Tu es née dans une ville et enfant tu détestais la campagne, trop de bêtes qui grouillent au sol, trop d'odeurs fortes et nauséabondes, trop de calme ou trop de bruits étranges et inquiétants. Les 177 km dans la 404 Peugeot entre Clermont-Ferrand et Guéret ressemblaient à un voyage sans fin au milieu de l'été. Aller voir tes cousins dans un village de Creuse était un pensum. Pour toi, ils ne savent que se traîner dans la boue avec leurs bottes en caoutchouc. Ils ont pourtant bien ri lorsqu'ils t'ont demandé de monter sur une motte de terre. Tu croyais effectuer une prouesse en grimpant avec tes chaussures vernies rouges mais ils s'étaient bien gardés de te dire que ce monticule était un tas de fumier. Les ballerines dont tu étais si fière s'enlisaient et tes cris, tes gesticulations, n'arrangeaient rien, tes cousins s'esclaffaient à tomber par terre.

Tes vacances creusoises avec leurs cortèges de visites familiales obligatoires se teintaient d'ennui. Pourtant tes courtes balades, seule, sur les chemins forestiers bordés de fougères et de châtaigniers, radio à la main, chantant vers le ciel, te laissaient un sentiment de liberté et de quiétude. Tu regardais les longues feuilles de châtaignier, le soleil sur les bordures dentées montrait des détails insoupçonnés. Des vagues, oui c'est ça, les extrémités du limbe ressemblaient à des vagues à la courbure presque parfaite. La pluie n'était jamais loin et l'humus t'incitait à inspirer toujours plus profondément. Le pétrichor, cette délicieuse odeur de la pluie, agissait comme un parfum enivrant. Des sensations imprégnées dans la mémoire du corps. Tu t'es laissée un jour happer par une émission de radio de Pierre Bellemare, il racontait le récit d'une citadine qui avait trouvé le bonheur en s'installant dans une ferme. Ce programme te revient souvent à l'esprit comme si cette histoire réveillait une envie lointaine ou une réalité enfouie et transmise par l'alchimie énigmatique de l'ADN. Les routes sinueuses si pénibles et nauséeuses dans la voiture parentale devenaient, lorsque tu marchais, un chemin mystérieux qui attisait ta curiosité. Chaque virage t'entraînait vers un univers nouveau, un rayon lumineux ou un nuage révélait ou cachait la route. Le vent balançait les branches, chassait les oiseaux et tu suivais leur trajectoire.

Ces routes, je les connaissais bien, mes godillots et les sabots de mes parents les ont arpentées durant de longues années. Je suis né le 13 novembre 1880 en Creuse, à Peyrabout. Ma mère connaissait bien ce village de 400 habitants et c'est là, à 20 kilomètres au sud de Guéret, qu'elle a voulu se marier. Je suis le sixième enfant. Je suis le dernier, enfin pas tout à fait. Trois ans après mon arrivée, Noémie n'a eu qu'un mois pour nous connaître, c'est bien peu ou bien trop. Puis le petit Noël est né en 1885 mais le sort, ou plutôt la pauvreté, la fatigue d'une femme de 45 ans et l'absence de médecin, en ont décidé autrement. Naître un 25 décembre dans une famille et sur une terre bien peu christianisées ne vous épargne pas. Deux ans de présence et de souffrance. Les larmes coulaient peu, elles s'asséchaient de l'intérieur.

Les châtaignes, voilà notre seul réconfort, celles qui nous tenaient au corps. Cuites dans la cheminée, la peau brunie qui craquelait, nous brûlait les doigts et obscurcissait nos ongles. Un délice. Mélangées au lait de vache de la voisine, elles comblaient ma faim et apaisaient mes cauchemars. Je renouais avec la vie. Toi aussi tu as été nourrie de ce plat unique de l'hiver, les dimanches soir lorsque le spleen surgissait et qu'il fallait te consoler comme tu pouvais.

Tout semblait rude sur cette terre verte et froide. Je revois les robes de deuil aux longues manches de ma mère. Elle était fanée et assombrie par les pertes qui n'en finissaient pas, oncles, frères, enfants. Elle s'appelait Angèle et ce prénom lui allait si bien.

S'éloigner du malheur devenait une nécessité, alors mon frère Alfred est parti à l'âge de 25 ans, mon frère Louis à 28 ans et ma sœur Marie-Louise à l'âge de 24 ans. Tous trois se sont installés à Paris. J'ai fait comme eux en 1904 et toi aussi quatre-vingts ans après moi.

***

Les morts cachés sont bien dans cette terre
Qui les réchauffe et sèche leur mystère
Paul Valéry, *Le cimetière marin*, 1920

2

La terre

Je repose quelque part depuis plus d'un siècle. Pas de tombe, pas de nom gravé, pas de trace visible de mon passage. Une sépulture c'est aussi un marché. Combien faut-il payer pour donner l'illusion que son identité est éternelle ? Ma famille n'a pas enrichi les marchands de la mort. Alors je suis là, incognito, oublié, du moins en apparence. Pas de tombeau, je n'ai pas de port d'attache, je navigue encore. Combien sommes-nous, ainsi cachés sans le vouloir ? Je sais que tu t'interroges sur ma mort, alors je vais t'aider, discrètement, par touches. Comprendre mon histoire et ma disparition t'aidera peut-être à récupérer un peu d'air qui te manque parfois. Tu devras faire confiance à ton intuition et à ton sens de l'observation.

Tu te demandes souvent pourquoi tes ongles sont noirs. Les lavages fréquents semblent inefficaces. Tu ne travailles pas avec tes mains, tu ne manipules pas de substances pouvant se loger sous ta kératine. Pourtant tu dois trouver toutes les astuces possibles pour extraire cet amas sombre à la composition obscure. Plier un ticket de métro et le glisser sous l'ongle devient un réflexe. Pas une page de livre, pas un cure-dent ni même un couteau n'y échappent. Comme si cette crasse te collait aux doigts. Une sorte de sort, de fatalité qui dirige sans cesse ton regard vers les ongles blancs, ceux des autres. Tu te demandes comment ils font pour garder cette virginité unguéale. Tes ongles appartiennent à une lignée de paysans, ces hommes et ces femmes de la terre, dos courbés, les mains touchant, grattant la mère nourricière parfois fertile et souvent ingrate. Ces ongles sales nous relient à notre identité rurale dont nous avons cherché à nous débarrasser.

Je voulais m'en détacher en quittant ma terre natale, en devenant gardien de la paix. Je suis devenu un agent de sécurité sous les ordres de la Préfecture de police de Paris. Un homme au service de la ville la plus peuplée de France et attaché à une République en pleine transformation. En 1904, la plupart des gardiens de la paix à Paris étaient d'anciens militaires, les places pour les civils étaient chères. J'avais envoyé une candidature, rempli des formulaires, passé un examen d'orthographe et deux visites médicales. J'avais tous les critères, au moins 1,70 mètre, un casier judiciaire vierge, je savais lire, écrire et compter. À Paris, la sélection était plus rude qu'en province et c'était ce qui me plaisait. En 1904, j'étais l'un des 781 reçus sur plus de 4000 demandes. Une fierté m'animait et une nouvelle route apparaissait, plus calme et plus libre que celle de l'enfance. Stagiaire, je devais passer trois fois par semaine à l'École pratique de police municipale située à la Préfecture, sur l'île de la cité, pendant trois mois. Les pupitres noirs me rappelaient l'école communale de Guéret.

Mes mains n'avaient plus besoin de travailler la terre ou la pierre. Ici, dans cette salle du 2ème étage de l'Avenue du Palais, avec un cahier, un manuel de police, un indicateur des rues de Paris, un porte-plume et de l'encre, je n'étais plus dans le monde où j'avais été élevé. Je découvrais un univers et faisais de nouvelles rencontres. Des souvenirs précis ont imprégné ma mémoire. Une scène me revient dans les moindres détails.

"*Tu viens d'où toi* ? Un grand gars brun avec une moustache guidon me toise, la mâchoire serrée d'où sort un son caverneux. J'ose à peine le regarder. Je lui réponds d'une voix feutrée.

- *Peyrabout, Creuse*
- *J'connais pas, moi c'est François, François Garnier de Dampierre-sur-Salon, Haute-Saône. Suis de province comme toi, heureusement qu'on nous donne un indicateur de rues, moi j'connais pas Paris !*

Le ton de sa voix était devenu enjoué. Il fait de grands gestes avec ses bras comme s'il chassait des mouches. Lorsque ses lèvres s'ouvrent, ses dents apparaissent, alignées comme des soldats, elles semblent être aussi nombreuses qu'un régiment. Sa bouche immense envahit son visage. Son sourire me rassure et m'encourage.

- *Je connais un peu Paris, j'ai deux frères et une sœur qui habitent ici."*
- *T'as de la veine ! Moi, j'suis tout seul.*

Aucune tristesse dans sa voix, juste un soupçon de regret. Cet homme respire la sincérité et son regard rieur donne envie de mieux le connaître.

- *Si tu veux, je t'invite ce soir, Marie, la femme de mon frère Alfred, te fera un bon bouillon. Ils habitent pas loin, dans le 4e, je loge chez eux.*
- *Et comment ! En voilà une bonne idée ! C'est quoi ton nom ?*
- *Henri, Henri Février*

Cette visite surprise d'un garçon avide de rencontres ne pouvait que réjouir mon frère Alfred. Depuis sa venue à Paris, sa vie avait été bouleversée à plusieurs reprises.

Arrivé dans la capitale comme maçon mon frère aîné avait rencontré Jeanne, originaire de la Nièvre. Je n'avais que huit ans à son mariage et malgré mes supplications je n'avais pu faire le voyage jusqu'à Paris pour voir "la belle Jeanne" comme toute la famille la surnommait. Une union précipitée car un enfant s'annonçait, Alfred Germain, appelé le plus souvent simplement Germain. J'aurai l'occasion de te parler de ce garçon si attachant qui a disparu six mois avant moi. Jeanne était partie accoucher dans la Nièvre dans la maison de "Pannet", son père, je n'ai jamais vraiment su pourquoi mais elle devait se sentir plus en sécurité et elle évitait les miasmes de l'air parisien.

Fier de son fils, Alfred ne se satisfaisait pas de son activité de maçon, une obligation et une tradition familiales. Sa passion, c'étaient les livres, le papier, l'encre. Il a trouvé assez vite un emploi dans une imprimerie mais Jeanne était malade, affaiblie par une nouvelle grossesse. Un an et demi après Germain, une petite Angèle est née. L'accouchement avait été difficile, elle avait perdu beaucoup de sang et l'inquiétude montait. Le 24 décembre, deux mois après la naissance, l'enfant était enfin officiellement reconnu, Alfred craignait le pire pour le bébé et ne l'avait pas déclaré à l'état civil. Mais ce fut Jeanne qui mourut dans l'appartement de la rue de Lévis à Paris, le 27 décembre. Cette rue du 17e arrondissement si vivante et bruyante, en perpétuelle ébullition, devait paraître glaciale. La rumeur des commerçants, des passants et le vacarme des travaux de construction, mon frère ne devait probablement plus les entendre, anéanti par la tristesse.

Je n'avais que dix ans au moment de la mort de Jeanne et la petite Angèle est arrivée à Peyrabout chez ses grands-parents. En grandissant, elle aimait bien courir avec moi dans les champs, ça faisait hurler mon père ! À Paris, Alfred avait trouvé une nouvelle femme nommée Marie et un nouvel appartement rue des Nonnains d'Hyères dans le 4ème. Il envisageait de reprendre Angèle mais la petite, si fragile, a été renversée par la charrette d'un voisin, le Grand Jacques. L'une des roues l'avait écrasée. Le cheval allait vite et le conducteur ne s'était même pas arrêté, il se serait retourné uniquement pour vérifier que la marchandise n'était pas passée par-dessus les ridelles. La mort d'Angèle, à l'âge de 12 ans, m'avait bouleversé et avait précipité ma décision de partir à Paris pour devenir gardien de la paix et remettre à leur place tous les "Grand Jacques".

Depuis qu'il était imprimeur et qu'il était accompagné de Marie, Alfred revivait et son accueil chez lui me permettait de me familiariser avec la ville. Le soir de mon premier jour de stage, Garnier et moi avions passé la soirée à rire, à boire et à chanter. La vie semblait douce, Alfred, Marie et Germain appréciaient la bonne humeur de mon nouvel ami et collègue François et nous avions décidé de nous revoir le plus possible. Notre année de stage se déroula dans des arrondissements différents, lui dans le 6e et moi dans le 4e, la Seine nous séparait, j'étais sur la rive droite, il était sur la rive gauche mais peu à peu notre amitié se renforçait. Une vie loin de mes parents, loin de la terre.

***

Souvent dans l'être obscur habite un Dieu caché ;
Et, comme un œil naissant couvert par ses paupières,
Un pur esprit s'accroît sous l'écorce des pierres
Gérard de Nerval, *Les filles du feu, Vers dorés.*1854

3
Des pierres et du sang

La capitale en a avalé des tailleurs de pierre ! Ces fameux maçons de la Creuse, ces exilés du Second Empire et de la IIIe République ont embelli Paris. Les touristes aiment contempler les immeubles haussmanniens mais ignorent souvent tout de ces bâtisseurs anonymes. Et toi ? Tu as vécu dans une de ces demeures bourgeoises. Pas au premier étage avec les salons en enfilade, les balcons en fer forgé, les moulures au plafond et les lustres imposants. Ta chambre au 6ème étage n'avait rien d'attrayant, WC sur le palier, pas de douche, 7m^2, tu étais étudiante. Pour payer ta chambre, tu gardais trois enfants d'un couple au nom à rallonge. Tu ne venais pas du même monde. Benjamin, Stanislas et Thaïs vouvoyaient leurs parents, tu faisais comme si cela était habituel et naturel. La famille part à chaque vacance, l'été au bord de l'Atlantique, l'hiver dans les Alpes et les Antilles au printemps. Tu inventes des séjours vers des destinations de brochure d'agence de voyage. Madame te corrige lorsque tu dis « manger » au lieu de « dîner », Monsieur te fait remarquer que tes chaussures sont abîmées et que ta coiffure est négligée.

J'ai connu aussi la peur constante du mépris et du rejet alors le mensonge était devenu une solution facile. Je ne disais pas toujours que ma mère ne savait pas vraiment lire, c'était pourtant courant dans les villages au tout début du XXe siècle. Le sentiment de gêne venait de la comparaison, être pauvre parmi les pauvres ne posait pas de problème mais être pauvre parmi les riches, c'était le début d'une insondable insatisfaction et d'une impression de manque.

Les études peuvent palier en partie cette impression de vide. Tu es la seule de ta fratrie à avoir fait des études supérieures, moi, je suis le seul à avoir mon certificat d'étude primaire. Une véritable promotion pour un fils de tailleur de pierre, les lois Jules Ferry sur l'enseignement gratuit et obligatoire avaient fait leur œuvre. En 1900, au moment où je faisais mon service militaire, j'étais aussi maçon comme mon père Jean mais je savais que ce métier n'était pas fait pour moi. J'avais la force physique nécessaire mais pas le désir, je me sentais bien plus proche de mon frère Alfred dans son attrait pour la vie tumultueuse de la grande ville.

Pour toi, Paris alimentait une fascination permanente avec pourtant la sensation que ce n'était pas réciproque, que la ville ne voulait pas vraiment de toi. Comme si tes espoirs étaient trop grands, comme si la facilité était exclue. Le rêve envolé d'une gamine, évaporé dans un nuage de pollution. Te souviens-tu de cette balade en bateau mouche sur la Seine ? Tu viens pour la première fois à Paris, tu as douze ans. Un lieu t'attire et accroche ton regard. Un bâtiment gigantesque et tout rond avec une tour au centre. Tu le vois bien depuis le fleuve. Son nom rassure et invite au voyage : maison de la radio. Toi qui ne quittes jamais ton transistor, qui écoute le matin mais surtout le soir, les voix suaves et cotonneuses des animatrices. Un bercement pour tes oreilles et ton cœur. Parler à la radio, quel pouvoir extraordinaire ! Des sons et des vibrations qui peuvent émouvoir, révolter ou rasséréner. Seule sous tes draps, combien de fois la radio t'a réconfortée ou captivée ? Informer, voilà l'objectif et le faire à la radio devient un idéal mais le but ne sera qu'effleuré. Un plafond invisible semble omniprésent. Une volonté empêchée mais par quoi ?

J'avais aussi eu cette sensation. Mais c'était le sentiment d'être utile qui m'animait. « Gardien de la paix », quel plus beau rôle ? Permettre à chacun d'éviter le malheur des conflits, des attaques, de la violence en tout genre. Protéger les plus faibles et les démunis, leur garantir qu'eux aussi ont le droit d'être protégés. Une mission dont l'envie venait peut-être de l'histoire de mon père Jean. Il avait été déposé à sa naissance à l'hospice de Guéret, exposé dans un tour d'abandon en janvier 1830, né de parents inconnus. Les sœurs l'avaient accueilli alors qu'il avait un mois, un bec de lièvre comme seul signe de reconnaissance. Une déformation physique mal acceptée, une vie qui commençait par un rejet. Il ne parlait jamais de cet abandon. Il avait été ensuite placé en nourrice début février - d'où l'attribution de son nom - à Saint-Fiel, un petit village de 550 habitants, dans une famille qui avait déjà deux enfants. Il n'évoquait pas son enfance, il avait eu la chance de survivre car nombreux étaient les enfants abandonnés qui mourraient en bas âge. Les mauvais traitements, l'humiliation du collier, les travaux des champs harassants dès 6 ans et une vie d'adulte à 12 ans. Il compensait sa petite taille et sa lèvre déformée par un caractère volontaire et une force physique impressionnante. Mon regard de petit garçon le voyait comme un colosse à qui rien ne pouvait arriver, un phare terrestre ancré dans le sol acide. Ses atouts lui avaient permis de se distinguer dans l'armée, le sergent Février avait su montrer sa bravoure et obtenir des médailles, c'était du moins ce que ma mère racontait le soir à la veillée, mes frères et moi adorions ces récits héroïques. Il savait signer et compter mais lire c'était une autre affaire. A défaut d'avoir transmis un savoir littéraire, il a su nous donner une énergie et un instinct de survie.

Après mon entrée dans le corps des gardiens de la paix en décembre 1904, je ne voyais plus beaucoup mon père, les retours vers la Creuse devenaient rares mais les sorties avec Garnier étaient de plus en plus nombreuses. Ce grand gaillard qui m'avait tant impressionné lorsqu'il m'avait adressé la parole le premier jour de stage s'était révélé être un gars généreux. Sous sa croûte épaisse et durcie par le temps, un cœur de mie alvéolée, légère et souple. Ses tapes amicales dans le dos m'enhardissaient.

Un soir d'avril, il m'avait présenté une amie de sa logeuse. Je me souviens parfaitement de ce moment. Marguerite sent le chèvrefeuille et des mèches bouclées s'échappent de son chignon pour tomber de chaque côté de son visage comme des glycines. Lorsqu'elle me parle, ses doigts longs et fins bougent sans cesse, de petits points rouges parsèment ses mains. *"Je n'ai pas mal ! Je suis couturière alors je me pique souvent ! Les gouttes de sang ne m'effraient plus et puis vous avez vu le résultat ? »* Elle commence à tournoyer, les mains accrochées à sa jupe, le tissu plissé et brodé virevolte. Mes yeux sont hypnotisés par les couleurs, le mouvement. Des bandes lumineuses défilent et j'ai l'impression de perdre l'équilibre. Mais non, mes pieds sont bien ancrés sur le parquet grinçant d'un petit appartement du 17e arrondissement.

Elle habitait les Batignolles, le quartier où ses parents creusois s'étaient installés, le quartier de sa naissance.

Au nord-ouest de Paris, c'était un coin peuplé de petits commerçants, d'anciens militaires et de jeunes provinciaux venus travailler surtout dans la construction. Les travaux ne semblaient jamais finir, des immeubles poussaient de toute part. Après la mort de ses parents, elle avait voulu rester entourée de tous ces provinciaux et étrangers vivant davantage dans les rues que dans les minuscules appartements. Ce quartier était devenu un lieu de bonheur où je déambulais de plus en plus, entre la gare de marchandises, la brasserie Victor sur le grand boulevard, la boulangerie à l'angle de la rue Darcet où les Brouder me donnait souvent une ration supplémentaire de pain. Avec Marguerite, les longues marches sur les pavés devant les multiples vitrines des commerçants devenaient notre plaisir quotidien. Nous nous aventurions parfois vers les beaux immeubles de la Plaine Monceau en longeant la voie ferrée sur le boulevard Pereire mais nous préférions les rues plus étroites des Batignolles. Pas étonnant que l'impressionnisme soit né dans ce lieu mosaïque à la fois agité et avec quelque chose qui évoque un petit village. Une atmosphère bruyante et joyeuse qui pouvait rappeler le souvenir des barricades, celles des insurgés de la Commune mais qui oubliait les exécutions et les fosses communes du square des Batignolles pendant la « Semaine sanglante » de mai 1871. Nos balades trente-trois ans plus tard ne percevaient plus rien de ce passé tourmenté.

Marguerite n'avait que deux ans de moins que moi mais dès notre première rencontre elle montrait une assurance et un enthousiasme qui m'éblouissaient. Son sourire et son énergie malgré la mort précoce de ses parents me fascinaient. J'aimais son audace aussi, elle n'hésitait pas à me complimenter sur ma moustache lustrée et sur mes cheveux noirs légèrement crantés. Elle osait aussi me sermonner sur mon caractère, trop têtu selon elle.

Mes parents étaient bien sûr ravis que je fréquente une fille de Creusois. Je ne leur envoyais aucun courrier, ils lisaient si peu et si mal. Je n'étais pas allé à Peyrabout depuis ma rencontre avec Marguerite mais mon frère Alfred avait fait le voyage et leur avait raconté. Évidemment ils n'avaient pas montré d'émotions et étaient très vite passés à un autre sujet. Mais les petits yeux plissés de ma mère n'avaient pas trompé Alfred, ce signe reconnaissable à qui sait observer, était la marque de satisfaction et même de fierté d'une femme pour son fils qu'elle ne voyait plus et auquel elle pensait chaque jour. Le courage de ma mère se retrouvait chez Marguerite. Très vite, elle me présenta ses amis venus du Limousin et qui habitaient tous un petit périmètre du 17e arrondissement : rue de Lévis, rue Cardinet, rue Saussure, rue de Rome et rue Legendre. Je rencontrai aussi son frère Louis qui logeait dans la moitié sud de Paris, dans le 14e. Un quartier que tu as souvent traversé sans savoir qu'il a joué un rôle important pour ton grand-père, mon fils que je n'ai pas pu voir grandir. Mais n'allons pas trop vite.

Mon mariage avec Marguerite le 11 février 1905 m'avait rendu si fier. Mes parents ne pouvaient pas venir, seuls mon frère aîné Alfred et ses collègues employés de l'imprimerie étaient là, et puis ma sœur Marie-Louise et son mari Joseph. Nous pouvions dès lors nous installer et fonder une famille car être gardien de la paix à Paris en 1905, ce n'était pas rien. Les policiers parisiens avaient des avantages financiers, un meilleur salaire, environ 2600 francs par an, une indemnité de logement et même une retraite assurée par la ville ! Il prenait grand soin de "sa" police le préfet Lépine ! Une vie de privilégié vue de Peyrabout.

J'obtenais mon premier poste au commissariat du 4e arrondissement. Marguerite et moi habitions dans le quartier, un petit immeuble blanc récent, rue Charles V, un deux pièces au premier étage car notre premier enfant s'annonçait.

En janvier 1906, Henriette est née, ma "Bette" chérie. Je voulais le meilleur alors Marguerite avait accouché auprès d'une des sage-femmes les plus réputées de Paris, Clémence Massé, rue des Thermopyles dans le 14e. Une de tes sœurs a habité tout près lorsqu'elle s'est installée à Paris pour la première fois au début des années 1980. Après l'accouchement, Marguerite serrait fort la petite Henriette, l'enfant semblait si fragile. La chaleur de nos corps la protégeait et nous avions l'impression d'être heureux.

***

« La vie crée l'ordre mais l'ordre ne crée pas la vie »
Antoine de Saint-Exupéry, *Lettre à un otage*, 1943

4
Les risques du désordre

Bien vite, je fus confronté à la violence. En ce début d'année 1906, un seul mot semblait rendre fou tout le monde : « inventaire ». Fin décembre 1905, un décret prévoyait un inventaire des biens des Églises pour les remettre à des associations cultuelles. L'État et les Églises se séparaient. Les catholiques comprenaient le mot « inventaire » comme un synonyme de « spoliation » et de « sacrilège ». Ce qui devait être une simple opération administrative d'enregistrement dans 28 églises parisiennes se transforma en échanges d'injures, d'horions, de prise d'assaut et de barricades.

Dans l'après-midi du vendredi 2 février, le commissariat reçut l'ordre d'envoyer des renforts vers l'église Ste-Clotilde dans le 7e arrondissement. Je me rendis à pied sur les lieux, une foule envahissait le square et les rues autour du bâtiment religieux. Les agents du poste de police de la rue de Grenelle ne suffisaient pas pour contenir l'ardeur et la détermination de milliers de personnes. Depuis deux heures des bagarres s'enchaînaient et à l'intérieur de la basilique, des centaines de personnes s'étaient enfermées, seule une porte latérale était ouverte. Bouvier, le commissaire divisionnaire, tentaient d'organiser un semblant d'ordre dans ce chaos bruyant et incompréhensible. Des femmes agenouillées chantaient des cantiques tandis qu'en face d'autres criaient « À bas la calotte », « Vive la liberté », les hurlements étaient couverts par les sabots des chevaux de la garde sur les pavés. J'arrivai juste un peu avant Lépine, le célèbre préfet de police et Emile Touny, le directeur de la police municipale. Ils furent accueillis par des huées. Des représentants municipaux avaient déjà été chassés à coups de poing. Les deux flèches de la basilique étaient mes seuls repères fixes, une danse folle entraînait les hommes, les femmes, les chapeaux melons, les gourdins, les cannes et les chevaux. Ma cape volait dans l'agitation générale. Des hommes s'agglutinaient le long des grilles qui entouraient l'église. J'étais entre ces grilles situées face à moi et le square arboré derrière moi. Avec les autres agents, nous formions une ligne pour empêcher la foule de pénétrer dans le bâtiment. Mais à l'intérieur, des manifestants se sont barricadés, les prie-Dieu s'amoncelaient et les prières résonnaient. Les pompiers arrivèrent par les deux rues qui bordaient l'église. Ils tirèrent à blanc ce qui provoqua des flots de fumée. La dispersion créa un mouvement de panique écrasant les nombreux couvre-chefs tombés à terre. Le tocsin retentit. Je ne sentais plus ni le froid ni les coups. Le tourbillon ne m'atteignait pas, les pieds solidement ancrés, j'étais comme dans un spectacle, je ne me contentais pas de la figuration, j'étais comme un phare dans la tempête.

À 4h, le préfet ordonna de prendre l'église d'assaut. Il fallut enlever les grilles auxquelles s'accrochaient désespérément des hommes et des femmes. Nous avions tous reçu un ordre et la volonté d'accomplir notre devoir renforçait notre détermination et décuplait notre énergie. Une gigantesque mêlée se créa autour de moi. Ma force physique suffisait à éloigner les manifestants, je redoutais d'avoir à utiliser mon fusil, à deux reprises pourtant, j'avais dû donner un coup de crosse. Les gardes de l'armée et les pompiers ouvrirent à coups de hache les portes d'une véritable forteresse. Arrivé en haut des marches, les injures pleuvaient « *Bande de lâches ! Sales Prussiens !* », les poings, les bottes et les crachats m'accueillirent. L'hostilité et la haine faisaient perdre la raison. Une jeune femme jeta des pierres sur un des agents. Le tocsin continuait, un groupe s'était enfermé dans le clocher. Face à une forêt de chaises, de bancs et de cannes, j'avançai en cherchant la lumière, le regard vers les lustres et les vitraux. Je criais « *Sortez ! Sortez d'ici !* » en agitant mes bras pour montrer les portes ouvertes de l'église. Moi aussi, j'étais pressé de déguerpir. Ce lieu, ces gens, cette folie collective, tout me rendait mal à l'aise. Je fus blessé à la main droite mais ce n'était rien par rapport à mes collègues Thévenin, Sevestre et Wallert. Dans cette foule obstinée, du beau monde, des comtes, des ducs, des députés et des sénateurs, leur détermination m'effrayait.

Vers 5h, après des échanges houleux, l'inspecteur des domaines et le vicaire ont pu enfin faire l'inventaire dans une atmosphère de désolation. Des vêtements déchirés, lacérés, gisaient au sol tout comme les cannes et les parapluies cassés. Une montagne de chaises brisées, des visages blessés et des membres meurtris. Il faisait nuit lorsque je sortais, épuisé, de cette immense église Sainte-Clotilde. Avec Bourget, nous devions conduire deux manifestants vers le commissariat. En descendant les escaliers, certains jetaient d'étranges projectiles, mon collègue remarqua que c'étaient des pièces de deux sous.

J'avais découvert ce jour-là, la force du groupe et la solidarité mais aussi la permanence du danger, celui qui abîme le corps mais aussi l'esprit. Ce sentiment ne devait jamais me quitter jusqu'à mon dernier souffle. J'étais pourtant fier de rendre service et de prendre des risques pour le bien de tous.

Moins d'un an après ces affrontements, le 3 avril 1906, entendant des gamins crier « au feu » rue Beaubourg, j'avais grimpé avec Bourget jusqu'à l'appartement où les deux petits gars de 6 et 8 ans avaient mis le feu aux rideaux en jouant avec des allumettes. Pour éteindre l'incendie, j'avais décroché la tenture qui avait brûlé ma main gauche et une partie de mon crâne. J'étais prêt à me blesser, cela faisait partie du métier. La reconnaissance et les remerciements suffisaient à apaiser mes douleurs.

J'étais un flic parisien confronté à la violence et à l'injustice de la plus grande ville de France. Une cité de désordre à l'image de son trafic incessant de fiacres, de voitures, de triporteurs, de piétons et de charrettes à bras. La rage des ouvriers et des vagabonds je l'ai vue et vécue à mes dépends. Cet uniforme de gardien de la paix de la préfecture de Paris, pantalon, tunique à boutons et large ceinturon noirs, passepoil rouge, a été une fierté durement payée dans ma chair, ma chair rougie. Les blessures tranchantes, les lames qui glissent et s'enfoncent. Ce sang que j'ai vu sortir, se répandre, se réfugier dans les interstices du corps. Tu vas pouvoir comprendre mes cicatrices et peut-être ma mort aussi, quelques signes sont sur ta route.

***

« La plaie, affreuse bouche ouverte comme un porche »
Théophile Gauthier, *Espana*, Ribeira, 1845

5
La grande plaie

J'étais le numéro 9. Ici, les malades n'étaient pas désignés par leurs noms. Les médecins, les internes, les sœurs augustines et les garçons de salle limitaient mon identité au chiffre posé sur la pancarte de mon lit. Dans la grande salle Saint-Landry de l'Hôtel-Dieu, retenir un numéro était plus aisé. L'hôpital étant entre la Sainte-Chapelle et la cathédrale Notre-Dame, je pouvais espérer une protection divine même si cela me laissait indifférent. La compétence du chirurgien m'importait davantage. Par chance, j'avais été opéré par le Dr Hartmann, il avait suturé ma plaie de 22 centimètres. Cette blessure a imprégné mon corps et mon moral, j'avais besoin que tu le saches et je t'avais transmis des indices. Te souviens-tu de cet incident de juillet 2021 ?

L'été s'installe, la chaleur envahit la ville de Saint-Cloud. L'atmosphère devient étouffante alors tu décides d'aller chez le coiffeur et de libérer ta nuque de cette masse de cheveux colorés. Pas de climatisation, la porte du salon bas de gamme est ouverte. *« Il y aura un peu d'attente, il faudra patienter*

Madame ». La phrase surgit d'un recoin sur un ton monocorde. Tu n'es pas pressée, tu es en vacances. Tu t'installes sur un fauteuil qu'une autre cliente vient de quitter pour rejoindre un bain salvateur, celui de la douchette fraîche pour laver la longue chevelure teinte. Ce fauteuil de simili cuir est confortable, seul luxe du lieu. Des magazines sont à disposition et sont feuilletés comme par réflexe. Tu viens juste pour une simple coupe. La coloration, tu la fais chez toi par souci d'économie et de rapidité. Pas beaucoup de cheveux blancs dans les *Vogue*, *Marie-Claire* et *Grazia*, tu te demandes bien pourquoi continuer à cacher tes inévitables et naturels cheveux gris. Seul le blanc immaculé semble autorisé, le poivre et sel passe pour les hommes mais jamais pour les femmes. Et si tu demandais à couper très court ? La transition vers l'absence de coloration serait plus douce et plus discrète. Non, trop masculin. Et puis mince alors ! c'est quoi ces stéréotypes ! Une voix te sort de tes pensées : « *C'est votre tour, Madame* ». Tu te diriges vers l'enfilade des lavabos blanchâtres lorsqu'une femme assise derrière toi t'interpelle « *Madame ! Qu'est-ce que vous arrive ? Vous saignez dans le dos !* ». L'inquiétude est palpable dans le tremblement de la voix. La cliente, plutôt âgée, enfin, elle a des cheveux gris, est affolée, ses mains tremblent et sa respiration s'accélère. Elle te transmet sa peur, tu essaies de tourner ta tête tout en tirant ton chemisier blanc vers l'avant en espérant voir quelque chose. Tu ne vois rien et tu ne sens rien, ce qui a pour effet d'accroître ton angoisse, ce n'est pas normal d'être blessé sans souffrir. La coiffeuse éclaircit le mystère et soulage tout le monde « *Ah ! oui, vous êtes tachée...* ». Une longue trace rouge zèbre le côté droit du dos. Un reste de teinture laissé par la cliente précédente sur le dos du fauteuil.

Ma blessure au couteau était juste-là, à l'omoplate droite. Pour toi, il ne s'agit que d'un filet de coloration. Pour moi, la plaie était profonde et douloureuse.

Ce jeudi 28 mars 1907, je ne pensais pas terminer ma journée à l'hôpital. Mon frère aîné, Alfred, celui qui m'avait accueilli chez lui à mon arrivée à Paris, est mort le 25 mars et son enterrement était le 28. Sa disparition à l'âge de 42 ans a été un drame pour toute la famille. Je refusais de croire à cet accident, à ce cheval apeuré qui l'avait piétiné rue Amelot, à deux pas du dépôt de fiacres des frères Rabier. Autant de versions que de témoins, Alfred n'était pas un imprudent et l'issue fatale n'était certainement pas prévisible. Rien n'était prévisible.

Après les obsèques, j'avais raccompagné ma sœur Marie-Louise chez elle à Vincennes. Je rentrais avec Germain, mon neveu devenu orphelin à 17 ans et mon autre frère Louis, venu de Creuse. La nuit, en arrivant chez moi rue Charles V, on a entendu une bande de malandrins courir, crier, chanter, frapper aux portes et renverser les pancartes des commerçants. Arrivés au numéro 9, j'ai fait monter Germain et Louis pour qu'ils puissent rejoindre Marguerite et la petite Henriette au premier étage. J'espérais que ces apaches n'allaient pas réveiller ma fille d'un peu plus d'un an. Une fois dans l'appartement, les sonnettes des locataires retentissaient dans tout l'immeuble. Le concierge, affolé, était venu me chercher. Je sortis dans la rue et je me retrouvai alors face à cinq jeunes gars. *"Allez ! rentrez chez vous maintenant si vous ne voulez pas avoir d'ennui, je suis agent de police"*, Trois d'entre eux s'enfuirent mais deux s'obstinaient, ils tenaient à peine debout, abrutis par l'alcool. Je ramassai une pancarte qu'ils avaient jetée à terre quand ils se sont précipités sur moi, j'en attrapai un mais par derrière le second me frappa d'un coup de couteau sous l'omoplate droite en criant *"sale vache »*. Je tombai. « *En voilà un qui ne nous embêtera plus !* ». Des voisins alertés par les bruits se penchaient aux fenêtres, Marguerite arriva et hurla *"rattrapez les !"* Au loin, des cris. La douleur anesthésiait ma pensée, je ne voyais plus rien. Mon frère Louis et un collègue du commissariat du 4ᵉ m'amenèrent à l'Hôtel Dieu tout proche.

J'apprenais le lendemain que les deux hommes qui m'avaient attaqué étaient deux frères à peine moins âgés que moi. Ils s'étaient réfugiés chez leur mère, concierge rue Saint-Paul, tout près de ma rue. Des collègues les avaient arrêtés, l'un des deux jeunes avait les draps de son lit tachés de sang.

À l'Hôtel-Dieu, allongé sur le ventre, mon champ de vision se restreignait à une petite table sur laquelle reposait mon urinal. Je distinguais le lit de fer de mon voisin de gauche, il portait comme moi le bonnet réglementaire de l'hôpital. Louis, Germain et Marguerite étaient venus me voir. J'entends encore la voix de Marguerite.

« *Tu as fait la une des journaux ! le Petit Journal a même publié une photo de toi. Ils ont insisté alors je leur ai donné la seule photo qu'on a mon chéri, celle où tu es si beau avec ton col blanc et ta raie au milieu* ». Son alacrité contrastait tellement avec le lieu et la situation.

Cette photo, tu l'as découverte en consultant la presse parisienne de 1907. Tu es surprise par la ressemblance avec ton grand-père, un visage large, des yeux écartés et des cheveux bruns abondants. Une petite moustache sous un nez droit. Mon léger sourire te plaît. Le port bien droit de la tête aussi. Tu fixes cet unique portrait comme si le temps pouvait se raccourcir et que l'espace de quelques secondes nous puissions nous voir et nous entendre.

Moi, j'écoute les paroles de Marguerite qui résonnent dans la grande salle de l'Hôtel-Dieu. « *Nous avons tous eu très peur mais quel bonheur de te voir !* ». Je me souviens qu'une religieuse arriva à ce moment-là et demanda aux visiteurs de partir « *Ramenez vos fleurs, on ne vous a pas dit que c'était interdit ! Je dois le répéter sans cesse...* ». Marguerite reprit les violettes en grimaçant puis m'embrassa doucement sur le front avant de partir. Les Augustines n'étaient pas toutes comme cette mère supérieure aigrie, la plupart avaient toujours un geste empathique et tentaient de soulager nos pauvres carcasses et nos cervelles embrumées. Le manque de sommeil n'arrangeait rien. Les nuits me semblaient interminables : les deux rondes d'une bonne sœur qui projetait les lueurs de sa lanterne sur l'ensemble de la salle, les malades qui se levaient pour jeter leur bocal d'urine rempli dans les toilettes froides et envahies par les mégots et les crachats. Les râles du n°15, la toux du n°25, la fumée de cigarette du n°5 (officiellement il était interdit de cloper mais dans la pratique…tant qu'on ne se faisait pas prendre par une sœur, une aspirante ou un garçon de salle). La douleur, malgré la morphine, me rappelait que mon corps était sensible et meurtri. Mais au moins j'étais vivant, la boîte à dominos, ce n'était pas encore pour moi.

Je suis resté quinze jours et chaque matin vers 9h00, le professeur Hartmann, le chef de clinique et une tripotée d'internes passaient me voir. Un jeune chirurgien avait largement participé à mon opération, je voyais qu'il était le protégé du grand maître. Il devait avoir mon âge et j'avais eu du mal à retenir son nom alors je lui avais demandé de me l'écrire sur une feuille. Je voulais retenir le patronyme d'un homme qui m'avait sauvé : Joseph Okinczyc. Mon voisin de lit, un ouvrier opéré de la tête, une poutre d'acier lui était tombée dessus, m'avait dit qu'il était le fils d'un médecin qui soignait les pauvres. Derrière sa grande moustache, son col en celluloïd et son tablier blancs, je percevais un homme de qualité. Il m'avait expliqué l'opération. Le chloroformisateur m'avait endormi et s'était chargé de surveiller mon sommeil léthargique. Le chirurgien et les internes s'étaient lavé les mains au sublimé, avaient nettoyé puis recousu ma longue plaie. Un interne avait dû me donner une bonne paire de gifles pour me réveiller, il paraît que ça empêche de vomir. Le Dr Okinczyc m'avait fait part de son admiration pour mon courage et m'avait félicité pour la médaille que Clemenceau m'avait attribuée. Le préfet Lépine était venu en personne à l'Hôtel Dieu pour me la remettre, accompagné de Touny, le directeur de la police municipale parisienne. Il fallait voir les paires d'yeux ébahis autour de moi. Tous les employés voulaient assister à l'événement et se bousculaient dans les couloirs et même n'hésitaient pas à bousculer les lits !

Marguerite m'a toujours répété qu'une médaille n'enlève pas la douleur, je pensais la même chose mais cette marque d'honneur me réconfortait un peu. La presse était bien contente de raconter mon histoire pour dénoncer le danger des « apaches » et la terreur qui régnait à Paris. C'est vrai que beaucoup de gardiens de la paix se faisaient attaquer et insulter presque quotidiennement, ce climat ne contribuait pas à nous apaiser. Violence et misère aiment s'allier. Mon corps a goûté aux deux.

Ce coup de couteau dans la nuit venteuse de mars a été le début d'une succession de blessures.

***

> *« Le Policier, tandis que Nicolas, immobile,*
> *a toujours son couteau en main,*
> *tourne une dernière fois sur lui-même*
> *: Je suis…une victime…du devoir !*
> *… et il s'écroule, ensanglanté. »*
> Eugène Ionesco, *Victimes du devoir*, 1952.

6
Couteau, clous et baïonnette

Tu venais de récupérer ta voiture dans un quartier éloigné du centre-ville de Clermont-Ferrand. Un quartier que tu ne connaissais pas. Tu as mis en route ton GPS mais à un rond-point tu te trompes de sortie. Tu te retrouves dans une zone industrielle avec des routes désertes. Face à toi, apparaît un camion. Il est au milieu de la voie. Tu ralentis en te demandant s'il va rectifier sa trajectoire. Il fait une manœuvre pour rentrer dans un garage à ta droite. La gigantesque bâche qui recouvre le 38 tonnes défile ainsi devant toi. En lettres noires majuscules immenses : LIABEUF. Ce nom ne te dit rien, mais moi je ne suis pas prêt de l'oublier. Dans la nuit du 8 janvier 1910, il a transformé ma vie.

Il était petit, brun, vêtu d'une casquette de jockey et d'une longue pèlerine. À la ceinture une longue gaine de cuir noir dans laquelle était glissé un tranchet dont la lame seule mesurait 18 centimètres. Ce samedi 8 janvier, il buvait des chopines de vin blanc aux "Caves modernes", un bar tenu par Ajalbert, un moustachu ventripotent, dans le 4e arrondissement à deux pas des Halles, le « ventre » de Paris. Il criait à qui voulait l'entendre *"je vais descendre deux flics"* et il avait son couteau effilé de cordonnier en main. Deux agents, mes collègues Deray et Fournès, en bourgeois, étaient dans le quartier. "Bouledogue" et " Le Perroquet ", comme les surnommaient les fidèles du bar, avaient été prévenus qu'un homme armé était à l'intérieur de ce petit établissement fréquenté par des ouvriers, des prostituées et des apaches en tout genre. Ils surveillaient, comme souvent. Lorsque le jeune homme sortit, vers 7h30 du soir, ils le saisirent pour l'appréhender mais d'un geste brusque ils retirèrent leurs mains ensanglantées. Les deux avant bras de Liabeuf étaient garnis de brassards en cuir munis de clous de 10 mm de saillie. Il s'échappa, les agents le poursuivirent du numéro 12 au numéro 4 de la rue Aubry-le-Boucher.

« Là, il est entré là, dans le couloir !! »

Il faisait sombre, le couloir était étroit, 1,10 mètre de large avec un escalier à droite, Deray en tentant de saisir le jeune homme reçut huit coups de couteau au ventre. Armé d'un révolver Hammerless, Liabeuf tira et toucha Deray, la balle perfora l'intestin. Son pardessus couleur grisaille portait les traces de la brûlure des balles et des coupures nettes qui saignaient.

Fournès attaqua, il reçut une balle dans le cou et le tranchet s'enfonça dans son ventre. Des bruits de pas sur les pavés, deux nouveaux agents arrivèrent depuis la rue Saint-Martin toute proche, Vandon et Boulot, en uniforme. Une balle frôla le ceinturon de Vandon mais le tranchet atteignit sa main. Au même moment, Fournès chancela au milieu de la rue, plaqua sa main contre lui pour stopper l'hémorragie, son gilet de chasse noir était cisaillé. Une jeune femme alertée par les coups de feu, Mademoiselle Fromentin, le vit puis tenta de le soutenir. Ensemble, ils se dirigèrent vers le poste de la rue Saint-Merri pour chercher des renforts. J'étais au poste. Avec quatre collègues je courais dans la nuit mal éclairée. J'entendis des cris, j'arrivai à 8h du soir dans la rue Aubry-le-boucher. Du haut d'une marche d'escalier, dans un couloir obscur, Liabeuf me menaça de son revolver. Je sortis mon sabre-baïonnette et le touchai à la poitrine. Le poumon droit fut perforé sur 4 cm. Il s'écroula en tirant une dernière fois sur le Brigadier Castanier sans l'atteindre, le projectile était passé entre les jambes de l'agent.

Castanier et Vandon retirèrent le révolver et le couteau des mains de ce forcené puis ses quatre brassards de cuir sanglants. Les passants s'amassaient et criaient, les fruitiers, les tonneliers, les porteurs des halles, toute cette foule voulait tuer Liabeuf, *"À mort, l'apache !"* je devais difficilement me frayer un chemin et devais protéger avec mon sabre le truand des coups de cannes et de pieds des habitants du quartier. Certains le menaçaient et je leur disais *"Laissez-le, il est mort"* pour les calmer. Mes collègues et moi l'avions accompagné à l'Hôtel-Dieu où il était placé dans la salle Saint-Côme, lit n°26. A l'hôpital, retrouver côte à côte un « apache » et un « condé » n'était pas rare, parfois la souffrance les rapprochait et les unissait.

Cette histoire devint vite une affaire à la Une des journaux. Ce garçon affirmait avoir agi par vengeance. Arrêté par deux agents des mœurs en juillet 1908 comme souteneur, il avait été condamné à trois mois de prison et cinq ans d'interdiction de séjour dans la capitale. Il avait auparavant été condamné pour vol à plusieurs reprises. Il disait être innocent de l'accusation de proxénétisme et nourrissait sa rage en projetant de retrouver les agents à l'origine de son malheur. Sorti de Fresnes, il avait trouvé du travail chez un cordonnier où il confectionna ses brassards aux pointes de fer.

Tu les as vues ces bandes de cuir. Un jour de pluie de 1990 dans le quartier latin, plutôt que de préparer tes partiels à la bibliothèque, tu as descendu cette rue si pentue et si bien nommée, la rue de la Montagne Sainte-Geneviève. Arrivée devant le musée de la Préfecture de police de Paris, comme souvent, tu t'es laissé conduire par le hasard et la curiosité, coup de chance, le petit musée était ouvert. Sans me connaître, sans rien savoir de mon histoire ni de "l'affaire Liabeuf", tu as visité de petites salles où s'entreposaient des objets, des uniformes, des livres. Puis, derrière une vitrine, étaient exposés le tranchet, les brassards, le révolver. Tu as lu furtivement les minces cartons jaunis qui accompagnaient et décrivaient ces étranges objets. Sensation de dégoût et de fascination comme souvent avec le fait criminel. Rapidement tu es ressortie, la pluie avait cessé.

Vingt-quatre ans, il avait eu vingt-quatre ans trois jours après son arrestation, ce meurtrier de l'agent Deray. Il était vite devenu un symbole, celui d'une classe ouvrière, trop facilement désignée coupable par une police au service de la bourgeoisie. Socialistes et anarchistes l'érigeaient en victime, Jaurès, Desnos, Hervé prenaient la plume pour le défendre. La méfiance envers la République de la part d'une minorité était forte mais je ne comprenais pas l'ampleur de cette histoire. C'est vrai que les agents des mœurs n'étaient pas des tendres et qu'à trop côtoyer les prostituées et les maquereaux, ils perdaient parfois la boussole du devoir. Les plus anciens étaient connus pour ne pas rechigner devant une liasse de billets. Héritiers de pratiques douteuses, ils n'avaient pas bonne réputation, j'en avais croisé des condés, d'anciens militaires en mal de reconnaissance et d'argent. Mais les apaches non plus n'étaient pas des mouflets. Les attaques de truands étaient fréquentes, les insultes, les menaces et les blessures aussi. On était nombreux à être régulièrement agressés, Delmas, Moulis, Lancelle, Perin, Le Tiec et tant d'autres.

Je me souviens en particulier d'une autre sale journée avant cette affaire, le 22 avril 1909, rue Beauboug, avec l'agent Deray, celui que Liabeuf a tué, on avait interpellé le truand "Jésus du Sébasto", son territoire c'était le boulevard de Sébastopol, et ses maîtresses "Carmen" et "La Bobine". Je m'apprêtais à lui mettre les menottes lorsque le grand "Jésus du Sébasto" donna un coup de poing américain sur la tête de Deray qui s'écroula. Je tenais fermement "Carmen" qui me mordit le petit doigt de la main gauche. Je lâchai tout. Un attroupement de badauds m'entoura et la bande s'échappa rapidement. Le trottoir accueillait le ruissèlement de mon auriculaire et Deray était en route pour l'Hôtel-Dieu.

Quelques mois plus tard, en novembre 1909, mes vingt-cinq jours de congés annuels étaient derrière moi et les tensions devenaient de plus en plus fréquentes, la fatigue touchait tout le service du 4e. Lors d'une patrouille boulevard Sébastopol, j'avais reconnu Bonnereau, un apache sorti de la prison de Fresnes la veille et interdit de séjour à Paris. Il croyait sûrement pouvoir flâner. Je l'avais interpellé sans difficulté, il se laissait faire le bougre. J'entendis un cri, derrière moi "La Fouine" appelé aussi "Le petit brun de Rivoli", un des apaches les plus connus du quartier Saint-Merri, se précipita sur moi avec un couteau et me cria *"Lâche-le ou je te saigne"*. Je n'étais peut-être pas un colosse, 1,72 m, mais j'avais de la force et je l'écartai d'un coup de pied. J'avais pu mettre en pratique les exercices de gymnastique que tout gardien de la paix devait suivre. Arriva l'agent Jourdeau, du 1er arrondissement, il tentait de le maîtriser, un coup de lame lui traversa la paume de la main droite. La foule se rua sur les malandrins. Trois nouveaux agents arrivèrent et embarquèrent ces "aminches" au commissariat du quai de Gesvres. Tu vois, mon quotidien comprenait la peur en toile de fond permanente et s'alimentait de la colère face à la violence des mots et des actes.

Marguerite, enceinte depuis l'été 1909 de notre deuxième enfant, s'inquiétait toujours quand je partais et elle m'enlaçait quand je revenais, mon retour était comme un petit miracle quotidien. Elle redoutait d'entendre des coups sur la porte, ceux de collègues venus l'informer que "l'agent Février, blessé, est à l'Hôtel-Dieu". Pas mal de malfrats souhaitaient ma mort et seraient disposés à m'assassiner pour venger Liabeuf. Son arrestation avait fait grand bruit, Le *Petit Journal* du 23 janvier 1910 avait mis l'événement en couverture. Mon nom était associé à celui qui l'avait stoppé. Le dessin en Une représente justement le moment où j'avais touché cet apache avec mon sabre. La presse voulait faire des gardiens de la paix des héros virils, elle mettait en valeur nos actes de courage et nos uniformes. L'alliance du drap bleu foncé et des liserés rouges sur la veste et le pantalon avait de l'allure. Le col officier, le ceinturon à boucle, la double rangée de boutons aux armes de la ville de Paris et le blason sur le képi donnait une forme d'autorité militaire. Mais cette apparence était trompeuse.

Le préfet Lépine ne cessait d'alerter sur les mises en danger récurrentes des policiers. Il nous aimait bien Lépine, il nous cajolait, il nous recrutait aussi et "l'examen de binette" n'était pas une mince affaire. J'en connais qui ont été recalés parce que trop grand ou trop gros. Il voulait des agents présentables. Il voulait des policiers au service de Paris et de la République.

Alors c'était pour tout ça que je n'avais pas hésité le 8 janvier 1910 face à Liabeuf, j'avais utilisé mon sabre-baïonnette, la légitime défense ne faisait aucun doute à ce moment-là mais Célestin Deray, lui, 48 ans, est mort.

Les obsèques de Deray restèrent longtemps présentes dans ma mémoire. Un cortège immense ce mercredi 12 janvier, était parti de la Préfecture de police, il se dirigeait vers Notre-Dame puis vers le cimetière du Montparnasse, au caveau des victimes du devoir. Avec les autres gardiens de la paix du 4e, j'étais en tête de cortège lors de la sortie du cercueil de la cour de la Cité, près des huiles, le président du conseil Briand, le préfet Lépine et des centaines d'autres avec chapeaux hauts-de-forme, plumes et médailles. Je l'aimais bien Célestin.

La messe, ce n'était pas vraiment ma tasse de thé mais c'était important pour sa veuve, pour sa fille et son garçon. Garnier était à côté de moi, notre amitié depuis l'année de stage se renforçait dans les moments de peine et de peur. Il en avait assez de ces attaques de malandrins, il avait été blessé lui aussi et voulait passer à la brigade des voitures. Lui non plus n'aimait pas trop les curés, alors cette messe nous avait paru longue avec tous ces sermons. Quand la foule sortait de la cathédrale, la pluie commença puis devint drue et glaçante à Montparnasse. L'enterrement était financé par la ville de Paris et les discours s'enchaînaient dont celui de Lépine. Comme toutes les personnes présentes, je tremblais en écoutant sa voix vibrante : « *C'est trop de morts ! Jusqu'à quand un sang généreux coulera-t-il sous le couteau des assassins ?* ». Il rendit ensuite hommage au courage de Deray et à tous les agents blessés. Le froid me paralysait l'esprit, je ne savais plus quoi ressentir.

1910 a été une année éprouvante. L'arrestation de Liabeuf début janvier. Fin janvier une gigantesque crue inondait Paris et Marguerite n'osait plus sortir de peur de perdre notre enfant, la naissance était prévue au printemps. Je devais sortir pour surveiller jour et nuit les passerelles installées en hâte pour freiner l'inondation des rues. Les pilleurs pullulaient et l'angoisse succédait à la curiosité. Comme prisonnières, Marguerite et la petite Henriette, ouvraient les fenêtres au risque de se rendre malades pour respirer un peu de l'air du dehors. Inspirations longues, les yeux fermés comme si la mer envoyait des embruns parmi cet air parisien si malsain. L'imagination les emportait loin de cette capitale aux feux éteints pour éviter les vols et les dégradations à la nuit tombée. Marguerite accoucha chez nous, rue Charles V, de ton grand-père paternel, Jean-Louis, le 14 mars 1910. Un cri tant attendu au petit matin de ce lundi brumeux. J'aurais aimé le connaître adulte, connaitre ses choix de vie. Je n'ai pas pu, je suis mort lorsqu'il avait 14 ans. Toi non plus tu ne l'as pas beaucoup connu. De ton grand-père tu n'as que quelques bribes, quelques images. Communiste, il avait participé à un réseau de résistants pendant la Seconde Guerre mondiale, il travaillait à la poste et adorait envoyer des cartes postales de tous les coins de France où il allait. Il gagnait peu mais avait pu s'acheter une télé et refaire sa cuisine grâce à un gain aux courses, il habitait une petite maison de ville à Guéret. Le rugby était une de ses passions et il avait eu six enfants de deux mariages différents. Tu revois un corps allongé sur un lit dans une petite pièce juste derrière le salon, un homme grand dans un costume noir, un visage et des mains ridés. Ton papi était prêt pour le cercueil et chacun venait lui dire adieu dans le petit appartement. Sa seconde femme, Marcelle, pleurait et gardait en permanence un large mouchoir rayé dans ses mains. Ce sont tes rares souvenirs. Tu ne savais même pas qu'il était né à Paris.

En mai 1910 commença le procès Liabeuf. Les charges contre lui étaient nombreuses : menaces, port d'armes prohibées, infraction à l'interdiction de séjour, coups et blessures et homicide. Ce procès devant la Cour d'assise de la Seine, je l'attendais et je l'appréhendais car les tensions devenaient de plus en plus palpables. Un révolutionnaire antimilitariste, Gustave Hervé, avait publié dans son journal hebdomadaire *La guerre sociale* des articles en faveur de Liabeuf qui était selon lui une victime de la police. Pour avoir écrit « l'exemple de l'apache » il avait été condamné à quatre ans de prison pour apologie de crime par voie de presse. L'effervescence de cette affaire encourageait la curiosité qui se mêlait aux débats plus ou moins violents entre ceux qui défendaient les martyrs Liabeuf et Hervé et ceux qui soutenaient la police. Une guerre des gazettes attisait les haines.

Le palais de justice se remplissait à vue d'œil, une foule traversait la cour du Mai et se ruait à l'intérieur du 34 Quai des Orfèvres pour assister au jugement, pour voir Jean-Jacques Liabeuf. La bande du "Sébasto" était là aussi tout comme "La Grande Marcelle", compagne de l'accusé. La table des pièces à conviction étonnait et hypnotisait : la tunique traversée d'une balle de l'agent Boulon, le révolver, le tranchet de trente centimètres de long, taché du sang de mon collègue Deray et surtout les brassards aux pointes d'acier, les instruments de sa vengeance mûrement planifiée.

Pendant l'audience j'ai dû entendre des phrases de l'accusé lues par le Président qui m'ont transpercé comme *"Je regrette seulement de ne pas les avoir démolis tous"* ou « Mes amis sauront bien me venger ». La belle jaquette et le complet veston noir de Liabeuf ne pouvaient cacher sa haine même s'il a déclaré finalement regretter avoir tué Deray. Cet après-midi du mercredi 4 mai, devant les juges je portais la médaille d'argent de 1ère classe que l'on m'avait décernée et je me tenais droit face au président Fabry. J'étais le 5ème agent entendu à la barre, après Fournès, Boulot, Vandon et Hédinboigt. Je décrivis la scène calmement et expliquai la nécessité d'utiliser mon sabre, Liabeuf était face à moi avec son révolver, il allait faire une nouvelle victime. La grande salle aux lambris de bois était silencieuse et ma voix semblait résonner et s'élever vers les hauts plafonds à caissons décorés de rosaces et de lustres.

À la fin de mon témoignage, le Président me félicita pour mon courage et ma présence d'esprit. Ses mots ont eu l'effet d'une pommade et mon cœur s'est apaisé. Ce procès fut une épreuve plus grande que l'arrestation. Face aux jurés, chaque parole comptait, elle était soupesée à chaque minute, des milliers d'yeux nous regardaient et tout le monde nous écoutait. J'étais sorti sonné, chancelant et seuls les cris de la foule amassée devant le palais m'avaient sorti de ma torpeur. Lorsque j'arrivai à la maison, Marguerite m'attendait, elle me souriait. Je ne pouvais pas parler alors elle m'embrassa. Ma "Bette" chérie avait quatre ans et jouait sur le sol avec son unique poupée, mon petit Jean-Louis dormait, il n'avait pas deux mois. Liabeuf fut condamné à mort, il ne fit pas appel et le président Fallières refusa la grâce.

***

« En présence des agressions dirigées dans ces derniers temps contre plusieurs agents de la force publique soit en service, soit hors de service, le préfet de police leur recommande à tous de se mettre en mesure de défendre leur vie, le cas échéant »

M. Touny, Directeur de la police municipale. Circulaire générale à tous les agents de la Préfecture, 11 février 1911

7
L'intranquillité de la vengeance

Vacances de Toussaint 1988, enfin des journées sans avoir à aller à la fac. Un ciel sombre mais un vent doux agite les feuilles mortes et une envie de balade te sort de chez toi. Des clémentines dans le sac à dos, tu pars de ta chambre de bonne du boulevard Saint-Marcel en direction du cimetière Montparnasse. Tu as toujours aimé le calme et la verdure de ces lieux de repos éternel. À quelques jours de la fête des morts, c'est une promenade de saison. Tu longes le boulevard Arago et ton regard est attiré par ce mur si haut que tu ne peux plus voir le soleil qui apparaît par intermittence pour égayer cette journée maussade. Un beau mur de pierres qui semble infini dans sa longueur. C'est la prison de la Santé, là où Jean-Jacques Liabeuf est exécuté le 1er juillet 1910. Le boulevard était alors noir de monde, plus de 10 000 personnes, une tension extrême régnait. Il était devenu un symbole, la gauche et les anarchistes avaient trouvé leur martyre et certains parlaient même d'une "affaire Dreyfus des ouvriers". Tu es issue d'un milieu qui n'avait pas de sympathie, c'est même un euphémisme, pour la police. Lorsque tu prends connaissance de toute cette affaire Liabeuf par le biais d'un livre consulté pour tes études d'histoire, tu penches plutôt du côté de ce cordonnier et surtout la peine de mort te choque. La défense du monde ouvrier est encore revendiquée dans les milieux de gauche dans les années 1980 et 1990. La tradition d'une police de gauche existe aussi, celle qui met en avant la protection du plus faible. C'est un idéal que j'avais aussi mais la violence quotidienne m'avait rendu moins tolérant et la mort de mes collègues avait renforcé cette tendance.

Le 15 juillet 1910, Liabeuf a été exécuté depuis déjà quatorze jours et je lis dans *Le Journal* qu'un jeune de dix-neuf ans, un colosse de 1,80 m, a attaqué un sous-officier. Dans la poche de l'apache un bracelet en cuir hérissé de pointe de fer. Une fièvre s'emparait des milieux anarchistes, une mode des gaines de cuir cloutées commençait. À plusieurs reprises, lors d'arrestation, des bougres me lançaient *"j'vais venger Liabeuf, j'vais te finir"* avec des regards haineux et en m'agressant comme une nuit avenue de Clichy où j'avais dû interrompre mon service après une pluie de coups. Presque chaque jour, la presse relayait des histoires de "vengeur de Liabeuf" appelés les Liébouvistes. Marguerite avait de plus en plus peur et sortait de moins en moins. Je recevais des menaces de mort. Mon chef me conseillait de changer d'arrondissement pour me protéger mais je refusais. Partir c'était fuir, c'était montrer ma peur, c'était déshonorer mon uniforme. Mais si j'avais choisi cette vie, ce n'était pas le cas pour Marguerite et les enfants.

A la fin de l'année 1910, je décidais donc de quitter le 4e arrondissement, l'appartement de la rue Charles V et le commissariat Saint-Merri, pour installer la famille dans le quartier de naissance de Marguerite : le 17e. Entouré par des voisins venus de toutes les régions de France et même de l'étranger, Espagne, Russie, Pologne, je m'y sentais bien même si l'appartement était petit. Je retrouvais les Batignolles découvertes lors de nos balades de jeunes amoureux. Les gardiens de la paix avaient une prime par enfant, c'était une nouveauté en 1910, l'année naissance de Jean-Louis, ça tombait vraiment bien. Garnier aussi était satisfait, il avait enfin rejoint la brigade des voitures depuis avril. Gére la circulation semblait moins dangereux. Il avait un garçon aussi, on se voyait un peu moins, il m'avait soutenu pendant le procès Liabeuf en m'invitant chez lui, on mangeait notre soupe ensemble les samedis d'hiver et on buvait en se souvenant des bons moments. Son aide m'avait souvent empêché de sombrer.

Je ne connaissais pas la tranquillité. J'aimais me sentir utile et agir mais les agressions permanentes m'usaient. C'était comme si la société était en guerre perpétuelle, les ouvriers contre les patrons, les gens de la ville contre les gens de la campagne, la police contre les anarchistes. Des mondes qui se côtoyaient et se narguaient sans jamais vraiment se rencontrer.

En 1911, au commissariat, les discussions tournaient toujours autour de ce que racontaient les journaux avec délectation. Des voleurs-assassins utilisant des autos formaient une bande encore mal connue composée d'anarchistes agités de la gâchette. Tu les connais sous le nom de "bande à Bonnot", une expression associée à un mythe, une légende créée peu à peu après la mort du chef Jules Bonnot. Cette bande fascinait parce qu'elle volait un produit de luxe : des voitures et puis elle a souvent échappé aux policiers. Des anarchistes en limousine, étrange non ? Pour moi, ces hommes étaient des criminels et en même temps leurs personnalités et leur audace séduisaient.

Le crime fascine surtout lorsqu'il est teinté de vengeance, c'est vrai pour la bande à Bonnot comme pour Liabeuf. Tu n'as pas idée du nombre de lettres anonymes reçues par le commissariat pour faire l'apologie de cet apache. Mon collègue Bichart avait ouvert une de ces lettres qu'il avait rapidement lâchées après avoir ouvert l'enveloppe, le papier avait visiblement déjà servi avant de capter la plume haineuse d'un anonyme. Taches et odeurs ne laissaient aucun doute sur la provenance. La lettre a été jetée là où était sa place : dans la cuvette des toilettes. Face à ce mépris, le découragement montait puis disparaissait subitement pour mieux ressurgir lorsqu'on y était le moins préparé.

Ta tante Henriette dite Lolo était formelle : j'ai été assassiné par un membre de la bande à Bonnot qui souhaitait se venger. Une hypothèse plausible d'autant qu'elle avait une certaine aura, Lolo, ses paroles marquaient ton esprit et tes oreilles d'enfant. Elle habitait une maison à deux étages tandis que tes parents, tes trois sœurs et toi viviaient dans un trois pièces en HLM. Elle proposait des mets inconnus aux saveurs délicieuses, des bêtes étranges aux couleurs rosées, des coquilles argentées au ventre flasque qui avaient un goût de sel. Tu découvrais sur la grande table du salon des langoustes, des huîtres mais aussi des tourteaux. Enfant, tu n'allais jamais au bord de la mer, les mollusques et crustacés appartenaient uniquement au monde des documentaires du dimanche sur la vie sous-marine. Tout paraissait plus grand, plus beau, plus agréable chez la généreuse Lolo. Alors, ce qu'elle racontait avait du poids et des éléments abondaient dans le sens de son récit.

Un jour d'hiver, en partance pour la Provence en TGV, dans un wagon vide, en queue de train, un livre t'attend. Posé sur une banquette, près d'une fenêtre, légèrement de biais, il patiente. Sa belle couverture claire et simple tranche avec le tissu sombre et usé du siège. Tu ne résistes pas à son appel, à son désir d'être emporté. En quelques secondes, il est dans tes mains et ton pas décidé l'embarque quelques mètres plus loin. Fermement tenu comme si tu craignais qu'il ne s'échappât.

Assise et heureuse, tu regardes le titre puis tu l'ouvres avec délicatesse. Lecture facile et fluide. À la deuxième page, tu t'arrêtes. Le nom d'un film apparaît, pas n'importe lequel. Enfant, sans l'avoir jamais vu, tu entends son titre maintes fois répété par ta tante Henriette. Celle qui porte le même prénom que ma "Bette" chérie disparue à 19 ans, celle que personne n'appelle par son prénom comme s'il était maudit, celle qui vit à Guéret et qui est ma petite fille que je n'ai jamais connue. À chaque repas de fête, elle mentionne ce film : *Quai des Orfèvres*. Une réplique de Louis Jouvet bénéficie d'une attention particulière et marque les mémoires et les esprits de la famille. Dans un dialogue, l'acteur à la voix si reconnaissable mentionne l'inspecteur Février, retrouvé assassiné. Pour tante Lolo, cet inspecteur est son grand-père jeté à la Seine par un membre de la bande à Bonnot. Une vengeance implacable d'un truand envers celui qui l'a arrêté. Elle te disait et elle le répétait à qui veut l'entendre que mon nom est inscrit dans la cour de la Préfecture de police de Paris, nom gravé sur le monument « À nos camarades victimes du devoir ».

***

« Et mes chers souvenirs sont plus lourds que des rocs »
Charles Baudelaire, *Les Fleurs du mal*, LXXXIX, Le cygne

8
Accidents

L'été 1911 fut un carnage, heureusement Marguerite et les enfants étaient partis en Creuse pour éviter une chaleur écrasante, interminable et mortelle. Avec mes collègues, nous devions ramasser des cadavres dans la rue, surtout des enfants. Nous suffoquions tous dans Paris, tu peux imaginer cette sensation puisque ton XXIe siècle accumule les canicules. Les corps épuisés, les mères éplorées et cette odeur envahissante de pourriture. Les mouchoirs sur nos narines ne filtraient rien, ils nous donnaient juste l'illusion de créer une distance avec ce que nos sens percevaient. Nos uniformes devenaient des tissus flottants de sueur et déteignaient sur nos peaux. La tenue estivale avec le pantalon en coutil blanc n'empêchait pas la chaleur de s'immiscer dans nos pores. Des gamins se jetaient dans la Seine pour échapper à la cuisson, certains buvaient son eau. Tout le monde attendait désespérément la pluie. Elle ne venait pas, même lorsque des orages éclataient.

Soixante-dix jours d'enfer qui ont confirmé mon envie de changer de poste, je devenais las de secourir, d'arrêter ou de contrôler les sorties de bars. Le 18 février 1912, avenue de

Clichy, j'ai été assommé par un vengeur de Liabeuf. La roue infernale de la revanche continuait. Côtoyer la mort, les attaques et le danger rendait mon corps vulnérable et distant à la souffrance des autres, la cuirasse mentale devenait trop épaisse. Je pensais de plus en plus à la possibilité de rejoindre Garnier à la brigade des voitures pour enfin troquer mon sabre-baïonnette contre un simple bâton de peuplier et sa dragonne bleue et rouge.

Un soir de fin février 1912, un événement accéléra mon désespoir. Les étapes de cette soirée défilent encore dans ma mémoire. Vers 8h, j'arrive au poste du commissariat du 17e et un collègue m'annonce qu'un grave incident a eu lieu dans le 9e, place du Havre.

"Mort, j'te dis, le collègue est mort, trois balles à ce qui paraît » lance Niron

- Tu connais son nom ? Je pose la question en redoutant la réponse.

- Non, c'est un gars de la brigade des voitures, c'est sûr, une auto a pas voulu s'arrêter ou un truc de ce genre"

Après une heure interminable, des détails sont arrivés. La bande à Bonnot a tué un agent, ce n'était qu'un simple accident comme il s'en produisait si souvent dans Paris. L'identité du mort, voilà l'information qui m'importait. Un nom circulait et avait été confirmé. J'ai dû mal entendre, François n'est pas de service normalement aujourd'hui. J'ai fait répéter plusieurs fois, comme un automate, comme si mes oreilles ne fonctionnaient plus.

"C'est Garnier, Garnier ! Hé ? qu'est-ce qui t'arrive ? Je reçois de l'eau sans comprendre. Niron, m'a versé un pichet de flotte pour m'empêcher de tourner de l'œil. Moi qui n'hésite pas à affronter des types au couteau, qui ai su maîtriser un cheval affolé en pleine rue, qui ai sauvé de la noyade deux pontonniers dont la barque prenait l'eau alors que je nage si mal, moi qui ai reçu tant de blessures, je ne supporte pas l'annonce de la mort de François. Ma fragilité n'atteignait donc pas seulement mon corps.

Je maudissais ce 27 février 1912. Cette voiture grise volée, lancée à pleine allure, avait renversé une femme rue d'Amsterdam. Puis, rue du Havre, Garnier avait sifflé, l'auto avait mal contourné un refuge mais le conducteur ignora l'avertissement. Les trois occupants de la limousine n'avaient cure des injonctions d'un agent. À ce moment un autobus A.M. (André Michelin) arriva et gêna la course folle. Le moteur du bolide cala, l'un des deux passagers sortit pour activer la manivelle. Ce que j'avais entendu par la suite, sur la réaction de Garnier, ne m'étonnait pas. Lorsque l'autobus redémarra et que l'auto accéléra pour s'échapper, mon ami François avait sauté sur le marchepied de l'auto, trois coups de feu avaient retenti et il s'était écroulé, les mains sur la poitrine. Une balle dans le foie et deux dans le cœur. La voiture avait disparu.

L'agitation était intense dans ce quartier près de la gare Saint-Lazare. Garnier avait été conduit par des passants dans la pharmacie Dubois, toute proche. Sa mort fut constatée en arrivant à l'hôpital Beaujon. À bord de la rutilante automobile aux gros phares à acétylène, une Delaunay-Belleville d'une valeur de 20 000 francs, se trouvaient des membres de la fameuse bande dirigée par Bonnot. Quelle ironie ! Le tueur de François s'appelait aussi Garnier, Octave Garnier, vingt-deux ans, une tête de petit gamin brun aux mains rouges et à l'esprit vengeur.

Ce jour-là, je n'osais pas rentrer à la maison. Pour la première fois je redoutais les yeux embués de Marguerite, les larmes d'Henriette et les cris du petit Jean-Louis. Ma femme me connaissait bien et elle avait compris tout de suite, elle m'avait enlacé, le silence nous avait apaisé mais le pire était à venir.

Comme pour Deray, Garnier a eu des obsèques organisées et financées par la municipalité de Paris le 2 mars 1912. Un cortège entre la préfecture de police et Notre-Dame puis le soir, le cercueil était parti vers la gare de Lyon pour être enterré à Dampierre-sur-Salon. Des représentants du Président de la République et du Président du conseil étaient là, Lépine aussi, il fit un discours que tout le monde écoutait et commentait : *"Le corps des gardiens de la paix, qui protège la Cité, n'est pas assez protégé contre un ennemi qui l'accable"*. Je crois que cette question-là est un débat sans fin et ce n'est peut-être pas l'essentiel. J'avais vu la naissance de nouvelles armes comme les gaz asphyxiants utilisés en mars 1912 pour arrêter un jeune homme menaçant dans un immeuble du 16e arrondissement. J'avais assisté à cette utilisation mais nous étions presque autant asphyxiés que ce garçon à la santé mentale fragile. La peur sournoise qui se glissait dans l'esprit de chaque gardien de la paix, cette crainte d'être blessé était omniprésente même si dans l'action elle se cachait pour un instant. Nos armes pouvaient nous rassurer mais elles n'empêchaient rien face à l'imprévu d'une voiture hors de contrôle ou d'une personne qui veut tuer ou qui perdu la raison.

Je n'écoutais plus les discours, je me traînais en ce jour froid derrière le convoi funéraire d'un homme de 30 ans. J'embrassais Madeleine, sa veuve. Je l'invitais avec son fils à venir prendre un bouillon à la maison avant le départ du train pour le retour vers la terre natale, entre Langres et Vesoul. Saleté de tristesse.

Le lendemain de l'enterrement, le tueur de mon ami François a écrit à la police, il voulait que tout le monde connaisse son nom. Comme pour Bonnot, le goût pour la célébrité et la provocation. Comme pour Bonnot, une fin sous les balles. Après avoir tué un autre policier, et non des moindres, l'inspecteur Jouin, Bonnot était mort à l'Hôtel-Dieu le 28 avril, un jour avant les obsèques de sa dernière victime et deux mois après la mort de mon ami Garnier. Le siège de la cachette du chef de la bande à Choisy-le-Roi, chez son ami garagiste Dubois, tout le monde en parlait, soit pour s'en réjouir, soit pour se moquer de la police qui avait dû faire appel aux gardes républicains, aux pompiers, à deux cents fantassins et même au préfet Lépine avec son chapeau melon et sa barbiche en bataille. Six balles pour Bonnot le 27 avril et peut être plus pour Octave Garnier pris au piège dans une maison à Nogent-sur-Marne le 14 mai 1912. Cette nuit-là, les fantassins, les gendarmes, les zouaves et la police ont mis fin à la bande après six mois de chasse. Lépine y était mais pas moi. J'étais resté au commissariat avec la douleur du deuil et la lassitude du sang.

Pour essayer d'égayer la vie, Marguerite invitait de temps en temps mon collègue Léobon. Elle tentait tout ce qui était possible pour que le rire se fraie un chemin dans les nasses du désespoir.

"Ras le bol de faire le navet, c'est vrai quoi, j'suis pas rentré dans la police pour attendre des plombes devant une entrée d'immeuble pendant que les chefs la mènent joyeuse et vont boulotter tranquillement à la brasserie." Léobon râlait tout le temps, c'est comme ça qu'il fonctionnait, je m'inquiétais quand il restait muet. Marguerite aimait bien l'inviter souper parce qu'elle savait qu'elle ne s'ennuierait pas et que tout le monde pourrait rire de bon coeur au récit de ses plaintes qu'il alimentait de mille détails et d'expressions parisiennes que l'on ne saisissait pas toujours. *"Ne te bilote pas !"* me répétait-il

souvent car s'inquiéter c'est se mettre *"la rate au cours bouillon"*. Je voulais bien le croire.

Malgré mon espoir d'apaiser mes tourments, mes cauchemars ne cessaient pas, ils accompagnaient mes nuits, se faisaient parfois discrets en effleurant ma conscience et en me laissant allongé dans mon lit. Souvent, ils envahissaient mon corps, projetaient des images insoutenables, propulsaient mon torse en avant et expulsaient ma peur dans un cri. Marguerite ne se réveillait même plus, par habitude sûrement. Au moins deux fois par semaine je choisissais le fauteuil de la pièce principale pour m'endormir, les gestes brusques et nerveux de mes bras ne pouvaient ainsi heurter personne, juste l'air et l'accoudoir élimé. J'ouvrais alors les yeux, par la fenêtre les bruits de la nuit me rassuraient, une charrette sur les pavés, des passants contents d'avoir trop bu, des chats qui s'affrontaient dans un concours de miaulements graves ou aigus, je croyais pouvoir reconnaître tous ceux du quartier. Mes paupières ne voulaient pas se fermer, le regard fixe vers l'immeuble d'en face, le froid nocturne envahissait la pièce sans me toucher, mes muscles tendus devenaient imperméables. Mon corps formait une barrière, un rempart aux sensations. Si mes yeux se fermaient, les images-éclairs surgissaient, des silhouettes décharnées, des visages grimaçants, la bouche ouverte, les lèvres retroussées, des mains recouvertes de sang, des intestins transpercés et apparents. Rester immobile pour devenir invisible. Tel un rocher qui résiste aux vents, je m'accrochais au fauteuil, les éléments naturels finiraient par se lasser et les tourments intérieurs se calmeraient à force d'avoir lutté. La fatigue m'entraînait finalement vers le sommeil pour quelques minutes ou quelques heures.

Je me répétais les conseils de Léobon, *"ne te bilote pas"*, si seulement la fréquence de cette phrase pouvait agir sur mon cerveau.

Une de tes filles fait des cauchemars avec une régularité pendulaire, un thème revient : les accidents de la route. Ce cousin que tu n'as jamais connu et qui porte le prénom de ton premier amour, Alain, est mort le 6 avril 1984 à l'âge de vingt-trois ans sur une route des Hautes-Pyrénées, les mains agrippées sur sa mobylette, renversé par un notable et laissé mort sur le bord de la route. Une voiture rapide a stoppé à jamais la vie de ce jeune homme. Tu connais mal son histoire, les récits familiaux font part de rumeurs plus que de faits mais ce qui domine ne te satisfait pas, ne colle pas avec ce que tu aimerais. La vie de ce cousin est faite de misère, de placement en foyer, de prison. C'est comme si cette mort précoce était inéluctable, l'aboutissement d'une longue déchéance. L'accident de la route comme point final ou comme le déclencheur d'une lente chute.

Les accidents d'auto avaient fait chanceler mon corps et mon esprit. Depuis la mort de Garnier, mon ami François, tout vacillait. Un nouvel accident provoqué par une voiture allait me faire tomber pour longtemps.

Mes blessures au bras, au dos et aux mains reçues entre 1907 et 1912 rendaient plus difficiles certaines tâches, je montais plus doucement les escaliers, je m'essoufflais. Début 1914, j'apprenais que ma mutation à la brigade des voitures était acceptée. J'avais l'impression de me rapprocher un peu de Garnier qui me manquait toujours. Marguerite était moins anxieuse, je m'éloignais des couteaux des apaches. La destinée de François prouvait que ce n'était pas un poste facile et sans danger mais le risque était moindre. Je fus affecté dans le 9e, comme mon ami qui n'était plus là. Comme toujours pour les gardiens de la paix, je devais être disponible de jour comme de nuit et n'importe quel jour de la semaine. En avril 1914, j'apprenais la mort de mon père. Impossible de me déplacer à Peyrabout. Cet homme si fort, en perpétuel mouvement, allait devoir rester allongé pour toujours. Sa disparition raviva une angoisse. J'avais l'impression de le rejoindre un peu, d'être mort avec les yeux ouverts comme si un muscle cardiaque s'obstinait à battre malgré tout. Une lente tristesse s'installait et je refusais de la voir.

Un dimanche de mai 1914, je basculais.

Je surveillais la circulation près de l'opéra et le soir je m'étais placé rue Halévy. Il faisait nuit lorsqu'une voiture arriva à vive allure, une auto-taxi. Ces véhicules Renault avaient belle allure mais leur conducteur avait tendance à rouler vite et sans vraiment prêter attention aux autres. Je lui fis signe de ralentir, un enfant cria sur ma droite, je tournai ma tête puis le choc. À terre, je n'arrivais plus à bouger, je percevais des sons aigus puis graves, je ne savais même pas si mes yeux étaient ouverts ou clos. Quelqu'un appuya sur mon bras droit, je sentais à nouveau l'air doux d'une soirée de printemps. Puis plus rien. Je me suis réveillé sur un lit d'hôpital. Je devenais de nouveau un numéro, le 16 cette fois. Ma jambe droite était immobile, je ne la voyais même plus, ensevelie par l'épaisseur des bandages et raidie par la compression. Ma tête lourde semblait retenue par des fixations métalliques, impossible de la tourner sur les côtés. Des bruits sourds me parvenaient à travers la ouate posée sur mes oreilles. Les paupières à demi-closes, je distinguais des ombres puis des éclats de lumière. *« Monsieur... Monsieur ? Vous m'entendez ? »* Parfois, je croyais entendre Marguerite ou ma mère qui ne m'avait pas vu depuis bien trop d'années. La boîte à domino devait me regarder et me narguer, l'air de dire *« je vais bientôt t'avaler, tu ne seras qu'un cadavre de plus, enfermé dans mon antre »*. Mais non, ce n'était pas encore mon heure. Les soins ressemblaient à des séances de torture, pourquoi une telle punition ? Les médecins semblaient ne pas comprendre *« Vous êtes un dur à cuire, mon vieux, vous en avez connu d'autres des blessures ! Allez, ça va bien se passer »*. Je serrais la mâchoire, fermais les yeux et arrêtais de respirer jusqu'au moment où des hurlements sortaient de ma bouche sans prévenir. Après cet accident, ma vocation semblait avoir disparu, mon corps blessé, estropié, ne pouvait plus servir la cause de la police. Elle ne m'animait plus et faisait pâle figure face aux critiques de tous : les hommes politiques, la presse, les ouvriers. Les plus pauvres considéraient les policiers comme leurs ennemis, les bourgeois les trouvaient incompétents ou pas assez nombreux.

En 1911 déjà, je me souviens, après le vol de la Joconde au Louvre, les commentaires sur l'inefficacité des agents et des inspecteurs avaient rempli les colonnes des journaux. En mars 1913, Lépine était parti mais il était souvent le centre des conversations au poste de police, mon collègue Namur était venu me voir à l'hôpital, toujours enthousiaste, il savait communiquer son optimisme avec sa voix guillerette : *"Lépine, c'est le seul à avoir vraiment défendu la police de la rue et tu te rends compte de tout ce qu'il a créé ! Ben ouais, quoi, le bâton blanc, le sifflet à roulette, la brigade cycliste, la brigade fluviale, la compagnie des chiens, le service photographique..."* Il parlait avec ses mains, il mimait, il savait mettre l'intonation quand il fallait, il savait maintenir l'attention de son auditoire, un artiste ce Namur ! Il me rappelait Garnier. Je l'aimais bien aussi parce qu'il venait de La Charse, ce n'est pas loin de mon village natal et en plus il habitait près de chez moi.

La camaraderie me manquait à l'hôpital mais au moins sur mon lit, personne ne pouvait venir m'attaquer. Le danger ne m'attirait plus, mon cerveau ne réclamait plus ce besoin d'actions, il était entraîné par mes membres qui demandaient du repos. Comme si mes organes fonctionnaient au ralenti pour apaiser la machine et la préserver. J'imaginais les visites de Garnier pour rire un peu et voir sa grande bouche s'ouvrir et faire disparaitre ma mauvaise humeur. Le temps parait long quand on est irritable et mes journées ne finissaient jamais. Même mon imagination ne parvenait pas à faire revivre mon ami Garnier. Je regardais mes mains, les veines de plus en plus apparentes puis une douleur vive dans la jambe me rappelait pourquoi j'étais à l'hôpital. Par intermittence, mes paupières s'affaissaient, le noir me rassurait à condition que les souvenirs ne l'envahissent pas. Je ne voulais plus voir la boîte à images, ces clichés du passé qui surgissaient dans ma tête et la nostalgie qui allait avec. Souvent, fermer les yeux ne suffisait pas, la tristesse s'installait et les regrets débarquaient. Plus j'essayais de les chasser plus ils restaient à quai, les amarres bien accrochés. Combien de temps étais-je resté à l'hôpital ? Ma mémoire n'a pas choisi de retenir cette information. Tu sais à quel point la mémoire est sélective et même souvent trompeuse. Une recomposition hasardeuse et changeante.

***

> *« L'océan semblait mort, le ciel vide, et pour l'œil*
> *L'horizon n'était plus que solitude et deuil »*
> Lamartine, *Les visions*, 1853

9
La guerre

Ciel du Morvan. Des nuages pommelés inondent le ciel bleu d'août 2023. La tête penchée en arrière, tu observes la gigantesque toile céleste et tu avances, tu marches sans cesser de fixer ce paysage. Le mouvement opère un changement progressif de tes perceptions. Ton déplacement te rapproche des nuages comme s'ils t'entouraient dans une sphère parfaite, comme si ton corps se noyait dans ce ciel cotonneux. Tes pas vacillent, tes jambes perdent leurs repères terrestres et tu balances de droite à gauche. Perdue, seule la douleur des cervicales t'oblige à quitter ce monde et tes sensations d'abandon dans cet univers infini et pacifique.

J'ai connu un ciel plus inquiétant.

Midi quarante, 30 août 1914, des pigeons de bois menaçaient, les *Taubes* lâchaient des bombes sur le Xe arrondissement de Paris. Ces avions allemands en forme de colombe n'avaient pas touché notre quartier mais Marguerite redoutait l'avenir. Le 1er septembre 1914, je l'aidais à partir avec les enfants à Peyrabout. *"Ne reste pas, ma mère et mon frère Louis vont* t'accueillir en Creuse, tu prendras le train à Austerlitz demain". Jean-Louis sautait partout lorsqu'il apprit ma décision, il était ravi de pouvoir enfin retrouver les paysages verts du bois de Sainte-Feyre. Il fallait un air meilleur pour Henriette qui toussait beaucoup. La mobilisation générale du 2 août ne nous avait pas trop effrayés, persuadés que cette guerre ne pouvait pas durer et que tout allait rentrer dans l'ordre et dans la paix bien vite. Pourtant des signes m'inquiétaient. Paris devenait une ville menacée, même le Président de la République Poincaré et le gouvernement avaient dû fuir vers Bordeaux en catimini depuis la gare d'Auteuil. Des centaines de milliers de Parisiens fuyaient. En octobre, j'étais classé indisponible de l'administration de la police municipale de la Seine. Mes blessures et l'état de santé fragile de ma petite Henriette m'empêchaient d'être mobilisé. Je le regrettais, je voyais partir mes collègues, mes voisins. Je me sentais inutile.

Sept ans déjà que mon frère Alfred était mort, il me manquait, son fils Germain avait eu 25 ans début 14 et il était parti au front. Un jeune marié emporté pour un voyage incertain. Durant tout le conflit, je m'inquiétais pour mon neveu, sa femme Louise recevait assez régulièrement des lettres mais elles étaient courtes et sans réels détails. Il changeait souvent de régiment, le 79e, le 64e puis le 113e, le 111e et enfin le 41e régiment d'infanterie. Quatre années d'épuisement et de souffrance. C'est au moment où je pensais, comme presque tout le monde, que la guerre allait s'arrêter pour de bon que des combats très meurtriers se déroulèrent dans l'Aisne. Louise avait été prévenue en juin 1918 que Germain avait été grièvement blessé lors de l'offensive allemande sur Vierzy, au sud de Soissons. Un courrier lui avait d'abord précisé qu'il était disparu, un deuxième lui indiquait qu'il était prisonnier puis un troisième qu'il était entre la vie et la mort. Rien de plus. Les informations imprécises et contradictoires données par l'armée faisaient perdre la raison. Louise ne savait pas quelle émotion dominait, son esprit nageait dans un océan d'incertitude terrifiante. Les bombardements étaient de plus en plus fréquents à Paris, même les Batignolles sont touchées par les canons allemands. Tout le monde parlait de la « Grosse Bertha » et de plusieurs centaines d'obus entre mars et août. Si le but était de faire peur à la population, c'était réussi…Louise pleurait souvent. Elle ne voulait pas retourner chez ses parents dans la Nièvre comme elle l'avait fait en 1915 et 1916, elle voulait être à Paris pour le retour prochain de son mari. Sa ténacité m'impressionnait, mon neveu avait eu raison de suivre son intuition en la choisissant. Ses visites régulières dans mon appartement de la rue Saussure me rassuraient et m'empêchaient de céder à ma nouvelle obsession, celle d'un verre de vin qui succède à une infinité de verres. Seul réconfort d'une vie anéantie, seul espoir de ne pas sombrer dans la mélancolie définitive, celle qui rend la mort plus douce que l'existence. Des milliers d'heures sous les feux d'artillerie pour mes frères Louis Mathieu et Jean Louis également. Mais nous n'en avons jamais parlé, chacun restait avec ses secrets, ses expériences qui empêchaient de dormir et rendaient les moments de joie plus ternes qu'avant.

Payer le loyer devenait de plus en plus difficile, le propriétaire ne venait plus depuis le début de la guerre, il avait fui la capitale, je n'avais donc pas à m'humilier en expliquant que l'argent manquait. Avec la fin du conflit, son retour était inévitable et je redoutais les pas dans les escaliers puis le silence qui précède les coups sur la porte.

Le retour de Marguerite et des enfants à Paris aurait dû me réjouir mais la solitude me convenait, je pouvais souffrir en paix, sans avoir à me justifier ou à expliquer. Je n'ai pas pu aller les chercher à la gare d'Austerlitz, le train de la Compagnie du chemin de fer d'Orléans avait plus de deux heures de retard et je ne me suis pas inquiété. Je me suis habitué aux mauvaises nouvelles, une de plus ne m'aurait pas effrayé. Trouver un train avait été déjà si difficile. En 1917 et 1918, l'Orléans a transporté plus de trois millions de permissionnaires et depuis l'armistice du 11 novembre, les familles veulent se retrouver à l'approche de Noël. Par courrier Marguerite m'avait annoncé sa venue pour le 20 décembre. A huit heures du soir, j'étais toujours seul dans mon fauteuil face à la nuit. Je fixais la fenêtre attendant un bruit ou un signe annonciateur de leur venue. Ma jambe douloureuse me faisait savoir qu'elle était bien présente, qu'elle ne me quittait pas et elle me distrayait de l'absence des miens. Mon verre aussi m'accompagnait, c'était d'ailleurs de plus en plus des bouteilles posées à même le sol. Elles laissaient des traces sur le parquet, c'étaient mes repères. Sans ces petits ronds brun foncé superposés, je ne pouvais pas me souvenir de leur nombre. J'ai oublié les retrouvailles comme j'ai oublié tout ce qui composait ma vie à ce moment-là. La guerre avait tout changé. Je n'avais pu y participer et je m'en sentais exclu. Ma jambe trainante et mes béquilles laissaient penser que j'étais un invalide de la Grande Boucherie mondiale. Les sourires, les saluts respectueux ou alors parfois les regards fuyants croisés dans la rue s'adressaient à un ancien poilu pas à un accidenté qui n'a jamais connu les tranchées. Je baissais la tête pour la première fois de ma vie. Un puissant sentiment de honte montait, je ne me reconnaissais plus. Le monde extérieur devenait « trop », trop joyeux ou trop triste, trop pressé d'en finir avec la guerre, trop accusateur pour ceux qui comme moi se sentait « de trop ». Je ne reconnaissais plus ce monde qui m'entourait ou alors je ne lui appartenais plus tout à fait.

***

> *« Un héros, c'est celui qui fait ce qu'il peut.*
> *Les autres ne le font pas.*
> Romain Rolland, *Jean-Christophe*, Livre III,
> L'adolescent, 1904

10
La lettre

« M'sieur Février ! M'sieur Février ! » J'entendais des pas monter dans la cage d'escalier et la voix du concierge se rapprocher. Des coups sourds sur la porte, comme les trois coups d'un bâton de régisseur avant le début d'un spectacle. *« Ouvrez, m'sieur Février, un courrier important pour vous ».* J'étais seul dans l'appartement, Marguerite et Henriette travaillaient chez leurs patronnes et Jean-Louis était à l'école. Je me levais difficilement de mon fauteuil pour aller ouvrir.
« Regardez, m'sieur Février » Il me tendit une grande enveloppe blanche avec un sourire joyeux et des yeux rieurs cherchant une complicité. *« Vous avez vu, là ? C'est une lettre de la Présidence de la République ! Ouvrez vite m'sieur Février, c'est sûrement important... ».*
Je pris le document. Le papier épais de l'enveloppe était rigide. Je remerciais le jeune concierge à la casquette noire posée sur l'arrière du crâne. Il semblait vouloir rester pour regarder avec moi le contenu de cette mystérieuse missive. Je l'invitais donc

à venir boire un verre en espérant une bonne nouvelle. Le messager apprécia la proposition.

- *Pour sûr, m'sieur Février, c'est pas de refus.*

Il s'assit sur une chaise et tortillait sa casquette entre les mains, impatient de lire le courrier présidentiel. Je pris le temps de sortir deux verres et la bouteille de vin. Une fois la première rasade accomplie, je décidai de m'assoir à mon tour et d'ouvrir avec un couteau l'enveloppe immaculée.

Je sortis un carton beige sur lequel se trouvait mon nom dans une écriture noire aux déliés impressionnants par leur grandeur et leur précision. Je lus le texte dans ma tête puis à voix haute. Les yeux verts de ce garçon d'à peine vingt ans s'écarquillaient de plus en plus et brillaient comme un sou neuf. « *Sacrebleu ! J'en étais sûr ! Vous méritez m'sieur Février, vot'e dame m'a raconté tout ce que vous avez fait et toutes vos blessures, ça force le respect ça, m'sieur Février, des courageux comme vous, ça court pas les rues* ».

L'enthousiasme de ce jeune homme me réconforta. Après tout, il avait raison, je la méritais sûrement cette médaille d'or que le président de la République allait me décerner. « *On s'en remet une, m'sieur Février, faut fêter ça !* ». Une fois la bouteille terminée, le jeune Antoine me laissa « *C'est pas l'tout mais faut que j'y aille moi, le boulot n'attend pas !* ». Il remit sa casquette et dévala les escaliers, pressé d'annoncer ce qu'il savait aux autres locataires.

Ecrasé dans mon fauteuil, je gardai le carton aux insignes de la République française dans mes mains aux multiples cicatrices et le posais sur ma jambe droite comme si ce bout de papier pouvait, pour un temps au moins, apaiser les douleurs lancinantes.

Le soleil doux du printemps éclairait la cour de la préfecture de police et projetait sa lumière sur les nombreuses plantes et fleurs installées pour l'occasion. Ce samedi 24 avril 1920, j'attendais depuis midi lorsqu'à deux heures et demie, le Président Paul Deschanel entra accompagné d'un amiral et du ministre de l'Intérieur, il fut reçu par un général au son de *La Marseillaise*. Je chantais en regardant le ciel, les nuages, les merveilleux nuages si bien dessinés. Ils avançaient en rythme comme pour nous accompagner et nous élever. La musique jouée par les gardes m'impressionnait davantage que toutes les huiles autour de ce nouveau président. Deschanel était élu depuis quelques mois, candidat vainqueur du « Tigre », de notre « Père la Victoire ». J'aurais préféré le vieux Clemenceau, mais bon, de toute façon ce n'était pas l'ensemble des citoyens qui avait décidé mais les députés et sénateurs. Un chef d'État n'était pas venu au sein de la préfecture de police de Paris depuis Félix Faure à la fin du siècle précédent. J'étais entouré d'une centaine d'hommes debout en cercle, tous les gardiens de la paix étaient en ligne. Rester immobile me demandait un effort que j'oubliais presque, tant la solennité était grande. Les drapeaux, les uniformes impeccables, la musique puis le silence, tout cela me portait. Je sentais les pavés sous mes pieds, je cherchais l'air en levant la tête, je regardais encore les nuages passer et pour la première fois dans ce lieu agité en permanence où ont défilé tant de flics et de voyous, je ressentais une forme de quiétude, de paix. J'avais refusé, malgré l'insistance de Marguerite, d'emporter avec moi mes béquilles. Droit, fier, je voulais affronter la souffrance et être digne de cette médaille d'or d'honneur que le président allait accrocher sur ma poitrine. Nous étions trois à recevoir cette décoration : le brigadier Clerget, l'inspecteur général Leroy et moi. Les autres, peut-être une centaine, étaient là pour des médailles de vermeille ou de bronze. Retrouver la famille de la police, cette cour si lumineuse cet après-midi-là, me rassérénait. Je ne voulais pas pleurer. J'avais chaud et par intermittence je manquais d'air comme si j'allais m'étouffer dans cet uniforme que je ne portais plus depuis un an mais cette carapace noire, rouge et or me donnait la force nécessaire pour tenir. Pendant toute la cérémonie mon habit me protégeait et la foule autour de moi m'encourageait à rester debout. Depuis 1919 j'étais à la retraite, un homme de trente-neuf ans, affaibli par les blessures mais ce jour d'avril j'avais l'impression d'avoir vingt-cinq ans et fière allure.

Le Président se rendit devant les délégations puis devant nous, les décorés. Pour chacun, il serra la main, épingla la médaille, félicita et donna une accolade. Lorsque vint mon tour, je regardais la moustache blanche du Président comme on guette l'horizon après un naufrage avec l'espoir de découvrir une terre salvatrice. Sa voix me parut remplie de sincérité. En croisant ses yeux, je sentis une étrange détresse et quelque chose me rassura dans son étreinte, un geste officiel et convenu mais avec une émotion authentique. Comme si cet homme pouvait percevoir ma tristesse profonde au-delà de la joie intense de ce moment privilégié. Je ne compris pas bien les moqueries dont il fut l'objet à peine un mois après cette cérémonie. Certes, il tomba d'un train en pyjama mais cet homme n'était pas fou, j'en étais persuadé. Marguerite, Henriette et Jean-Louis faisaient partie des spectateurs présents dans la cour de la préfecture. Mon fils de dix ans portait pour la première fois un col en celluloïd et une veste que sa tante Marie-Louise lui avait offerte. Les filles portaient des chapeaux prêtés par une voisine et des robes bleu ciel cousues par les doigts de fée de Marguerite. Le retour à la maison fut compliqué, ma jambe se trainait, l'effet euphorisant avait disparu. Epuisé, je m'étais enfoncé dans le fauteuil. La journée, comme un rêve, prenait fin et les nuages noirs envahissaient mon cerveau. Rien ne semblait m'empêcher de sombrer.

***

« Serait-ce que la vie semble d'autant plus réelle que toutes les illusions disparaissent, comme la cime des rochers se dessine mieux dans l'horizon lorsque les nuages se dissipent ? »
Benjamin Constant, *Adolphe*, chapitre I, 1816

11
Les cheveux d'Henriette

Heureusement Henriette était là, joyeuse et protectrice pour son petit frère, chaque matin elle l'accompagnait à l'école communale de la rue Jouffroy. Elle travaillait comme manutentionnaire dans la rue Saussure, quelques jours par semaine, dans la boucherie du 18 où la famille Le Saout était fière de son travail mais encore plus de l'exposition de ses nombreux cochons en devanture. Elle me défiait parfois comme dans cette journée de printemps 1922. Elle avait alors 16 ans et menait la vie d'une adulte en secondant sa mère pour les nombreuses taches : lavage, ménage, couture, préparation des repas, achat de la nourriture en plus de décharger les charrettes pour le boucher. Une force venue d'une source inconnue et qui progressivement pourtant semblait se tarir. Ma petite Bette était un mélange d'énergie et de fragilités. Ce jeudi 13 avril, je fus marqué par son courage. Les images me reviennent avec précision.

Lorsque je suis rentré d'une consultation à l'hôpital Beaujon, je vois ma femme les mains cachant son visage, assise et recroquevillée sur notre unique fauteuil. Je la questionne mais elle ne dit rien et continue de sangloter.

" *Mais réponds moi !* Ma colère ne se cache pas, je m'emporte et je ne sais pas comment m'arrêter. Je crois que ma main est partie.

J'entends alors derrière moi la voix d'Henriette.

" *Ne m'en veut pas papou, s'il te plaît, maman ne voulait pas, c'est pour ça qu'elle est triste mais ce n'est pas de sa faute* "

- *Mais de quoi tu parles ?* Ma voix résonne dans tout l'appartement. Je ne voyais qu'une silhouette sombre dans le fond de la pièce.

- *Ne te fâche pas ! S'il te plaît Papou... Maman n'y est pour rien ! Elle ne voulait pas que je le fasse !*

Henriette s'avance et sort de l'ombre, la lumière diffuse une image plus précise de sa longue robe à taille basse, de son visage creusé et de ses yeux gonflés. Elles avaient pleuré, beaucoup pleuré. Ses cheveux d'ordinaire si bien tenus par des épingles, étaient libres et épais. J'ai alors compris.

Ce matin d'avril, Henriette avait décidé de se couper les cheveux à la mode. Les journaux abondaient de cheveux courts et de chapeaux cloche. Plus de mèches ondulantes sur les épaules. Les cous apparaissaient à la vue de tous. Marguerite avait toujours refusé de couper un gramme des cheveux bouclés d'Henriette mais devant l'opiniâtreté et la détermination, les mots d'abord doux puis finalement menaçants ont été d'une totale inefficacité. Ma Bette s'était précipitée vers la boîte à couture, avait pris une paire de ciseaux et debout, les jambes solidement tenues et les pieds comme collés au sol, le regard droit et la main ferme, elle avait coupé. Les cris puis les pleurs de sa mère n'avaient eu aucun impact. Henriette savait que je n'aimais pas cette nouvelle façon de faire des femmes et elle devait redouter ma colère face à ce défi de l'autorité paternelle. Mes élans colériques m'amenaient à faire des gestes que je regrettais amèrement. Cette violence devenait plus fréquente et ma culpabilité augmentait. La vigueur endurante de ma jeunesse se transformait en nervosité déshonorante et l'abjection de mon comportement envahissait mon esprit. Face à ma Bette chérie, quelque chose m'a retenu, mes poings se sont desserrés, la vague de l'impulsivité ne se souleva pas, ma respiration s'était ralentie. L'effet inverse de ma fureur habituelle se produisit. Voir sa jeunesse, sa tristesse et entendre la douceur de sa voix suppliante, tout cela m'avait apaisé comme un anesthésiant. Je suis devenu une sorte de marionnette. Mes gestes guidaient ma pensée, je me retrouvais les bras ouverts. Je ne réfléchissais plus. Henriette s'est réfugié sur ma poitrine, blottie, sanglotant et marmonnant des remerciements à peine perceptibles. Je ne sais plus combien de temps nous sommes restés côte à côte et noués ensemble. Mes douleurs aux jambes et la détresse de n'être plus utile à la société ont cette fois engourdi mon esprit au lieu d'allumer le brasier du courroux. Je ne comprenais pas mon geste, je n'avais jamais étreint ma petite fille adorée.

C'est Jean-Louis qui m'a sorti de ma torpeur. Il était sorti jouer dans la cour de l'immeuble et en entendant le bruit des coups sur la porte, ma tête s'est redressée. J'ai probablement dû lui ouvrir. Marguerite nous a rejoint. J'ai oublié les détails mais je me souviens que nous étions tous les quatre enlacés dans un silence qui me parut éternel.

***

« La tristesse n'est qu'un mur entre deux jardins »
Khalil Gibran, *Le sable et l'enclume*, 1926

12
Germaine et Germain

Marguerite aurait pu m'en vouloir. Mes colères s'ajoutaient à ma mélancolie. Mes gestes incontrôlés atteignaient son corps et son visage diaphane se colorait. Mais elle réservait sa rage pour des causes qui la portaient. Ce matin de janvier 1923, je n'ai sûrement pas su l'écouter, je me souviens surtout de sa vigueur et de son effroi face à l'injustice.

"Tu as vu Henri ? Là, en première page, l'histoire de cette fille". Elle tape sur le journal avec son index comme pour attirer davantage mon attention vers l'article. Je prends *La Presse* et lis le titre *"Germaine Berton, meurtrière de Marius Plateau fait le récit de son crime"*.

- *C'est qui ce Marius Plateau ? Et je ne connais pas cette... Germaine Berton*
- *Mais si ! tu sais, c'est cette anarchiste qui...*
- *Ah ! ne me parle pas de ces bêtes noires, ils détestent la police et leur violence me dégoûte. Tu as oublié ce qu'ils ont dit et fait sur mes collègues et sur moi ?*
- *Elle, c'est différent, elle voulait venger Jaurès, tu te souviens c'était affreux et surtout cet assassin acquitté, quelle honte !!*

Il portait bien son nom ce Villain, ce monarchiste nationaliste...
- Oui, mais j'ai passé mon temps à voir des vengeurs de toute sorte qui jouaient de la lame ou du révolver. Toute cette violence me fatigue...
- Elle n'a que 20 ans, juste trois ans de plus que notre Henriette. Ce Marius Plateau, c'était un des Camelots du roi, il ne valait pas grand-chose avec ses idées de vengeances nationalistes tout comme les types de l'Action française. Elle aurait bien voulu avoir Léon Daudet j'imagine ! Cette petite a tenté de se suicider plusieurs fois depuis l'âge de 13 ans, tu te rends compte ! Après avoir tué Plateau, elle a retourné son arme contre elle mais elle est juste blessée.
- Pauvre petite...

J'avais une impression mêlée de pitié et d'agacement. Marguerite n'avait pas entendu mes mots marmonnés. Plongée dans la lecture de l'article, elle semblait absorbée par cette histoire de jeune fille devenue une anarchiste meurtrière. Germaine avait commis son crime près de notre domicile, le siège des Camelots du roi est dans une artère parallèle, la rue de Rome. Marguerite était à la fois fascinée et terrorisée. L'idée du suicide la terrifiait alors voir qu'une jeune fille songe à se tuer c'était intolérable. L'histoire de Germaine Berton est rythmée par des actes violents comme en écho avec ma vie. Elle était anarchiste, j'étais policier mais nos corps et nos esprits se retrouvaient dans une bataille incessante au sein d'une société cruelle obnubilée par la vengeance. La guerre n'avait fait qu'amplifier ces rapports agressifs. L'obstination à « faire payer » l'Allemagne avait conduit le président du Conseil Raymond Poincaré à occuper la Ruhr depuis le 11 janvier de cette année 1923. Comme si l'armée française n'avait que ça à faire ! Comme si humilier et appauvrir était sans conséquences. Liabeuf et Berton ou Villain et Daudet, ils étaient tous motivés par la revanche. Et moi, j'avais l'impression d'être au milieu, mu par un désir de justice dans un monde dominé par la loi du plus fort. Dans ce jeu d'affrontements, les « forces de l'ordre » s'opposaient à la rage sociale qui débordait et semait le « désordre ». L'intérêt de Marguerite pour Germaine me faisait prendre conscience de ma position schizophrénique.

J'avais subi des agressions et des injustices, ma chair et mon âme se souvenaient des coups mais aussi de la misère de mes parents et de beaucoup de Parisiens que j'avais protégés. Mais faire souffrir ceux que l'on déteste ne soulage qu'en apparence, qu'en surface. Je comprenais la colère de cette anarchiste mais j'en étais aussi la victime.

Toi, tu as lu cet article de *La Presse*, grand quotidien populaire de l'époque, du 23 janvier 1923. Un siècle après, sur un écran de téléphone, tu fais défiler tel un robot ton fil d'actualité. Un titre t'attire et tu consultes le site qui répertorie des articles de presse du XIXe siècle et du XXe. Tu découvres l'histoire de Germaine dont la jeunesse est marquée par la violence et par l'opposition à la police. Elle a giflé le secrétaire d'un commissaire, elle est blessée à la tête par un sabre rue de Palikao, à Belleville, lors d'une altercation entre des policiers et des manifestants anarchistes. Elle a frappé des agents avec sa ceinture de cuir roulée et nouée, elle se vantait d'avoir fait tomber un agent cycliste et de l'avoir assommé à coup de pavés. Quand tu as su qu'adolescente, Germaine Berton s'était jetée dans la Loire, tu as fait un lien avec mon histoire, une étrange coïncidence nous rapprochait elle et moi.

Est-ce que moi aussi j'ai choisi de me laisser volontairement tomber dans un fleuve ? C'est une mort qui semble simple et qui ne nécessite que le courage du saut. Je ne pensais pas que l'histoire de cette Germaine pourrait influencer mon choix. Mais je ne suis pas sûr d'avoir choisi de mourir ainsi. L'histoire de cette jeune anarchiste est entourée de suicides. Marguerite me tenait régulièrement au courant. Entre fin novembre et décembre, chaque jour la presse parlait d'un drame étrange, un jeune de 14 ans s'est tiré une balle dans le cœur dans une auto-taxi. Il avait fallu plusieurs jours aux enquêteurs pour savoir qu'il s'agissait de Philippe Daudet, le fils du « gros Léon », le député de Paris, rédacteur en chef de *l'Action française*, antisémite notoire et ami de Maurras. Le jeune garçon se sentait proche des anarchistes et admirait Germaine Berton, celle qui a tué Plateau à défaut d'avoir eu Léon Daudet.

« Tu as vu, c'est bizarre, Philippe Daudet était amoureux de Germaine ! Et c'est pas tout, son père a fait croire à une méningite. C'est vraiment le roi du mensonge celui-là ! Ce Philippe n'a qu'un an de plus que notre Jean-Louis ». Les larmes de Marguerite se voulaient discrètes. Je détournais le regard. Elle avait lu le témoignage de mon ancien collègue Raffalli qui expliquait comment un chauffeur de taxi, boulevard Magenta, lui avait fait signe dans l'après-midi du samedi 24 novembre. Il avait ouvert la portière arrière et vu ce jeune homme ensanglanté ainsi que le petit Browning sur le tapis. Ces récits me ramenaient à ce passé à la fois douloureux et glorieux où j'étais encore gardien de la paix. Maintenant, la lassitude l'emportait sur la nostalgie. Les multiples combats avaient usé ma carcasse.

La douleur dans ma jambe m'obsédait et la violence du monde ne m'atteignait presque plus. J'étais devenu cette jambe meurtrie, inutile, une aiguille impossible à retirer. La souffrance envahissait tout, mes pensées, mon passé et mon avenir.

Je me souviens surtout que l'année 1924 avait très mal commencé.

Louise, la femme de mon neveu Germain, frappa à la porte de l'appartement un soir de janvier 1924. Je la revois apeurée et j'entends sa voix aux intonations bien plus aiguës que d'habitude « *Germain est à la Salpêtrière ! Il...il ... n'arrivait plus à respirer... et puis... il a... craché du sang* ». Elle s'arrête, stoppée par un bouillonnement de larmes. Marguerite la dirige vers le fauteuil de la pièce principale, met une main sur son épaule et l'immobilise. Elles semblent toutes les deux pétrifiées. Le visage collé aux mains et le buste plié en avant, Louise a soudain des hoquets, des haut-le-cœur et inspire bruyamment en ouvrant la bouche. Son corps se secoue par saccades, puis les convulsions cessent. Elle finit par s'endormir sur un fauteuil après que Marguerite a promis d'aller à l'hôpital avec elle le lendemain, le 28 janvier. Avec Germain, elle habite l'appartement de son beau-père, rue des Nonnains d'Hyères, là où je logeais en arrivant à Paris en 1904, déjà vingt ans. Les logeurs avaient eu pitié de Germain et l'avaient autorisé à rester dans le logement de son père décédé en 1907 mais les murs envahis par l'humidité rendaient l'air irrespirable. La tuberculose se répandait si facilement que chaque toux devenait suspecte et provoquait la peur. Nous nous inquiétions pour Henriette, les médecins coûtent cher et la maladie s'installe où la misère prospère. Germaine Berton a été victime de cela aussi. Atteinte de tuberculose, ses conditions de vie précaires d'anarchiste vivant de petits gagne-pains et de larcins, n'ont pas laissé espérer une guérison.

Après une nuit brève, Marguerite et Louise sont parties pour l'hôpital. Moi, j'attendais et en revenant Marguerite m'a tout raconté, la voix cassée par la tristesse. Trouver la salle Esquirol dans l'immense Salpêtrière n'avait pas été simple. Louise marchait d'un pas si rapide qu'il était difficile pour Marguerite de la suivre. Sa tête faisait des allers-retours continuels entre la droite et la gauche à la recherche d'une infirmière qui pourrait les guider, la salle et le lit de Germain furent enfin trouvés.

C'est un homme endormi sur le dos qu'elles découvrent. Louise n'ose pas le toucher. « *Il en a de la chance d'avoir une belle dame comme vous !* » les mots aux sonorités ouatées proviennent d'un lit voisin. Marguerite se retourne et sourit à un homme-momie dont le thorax et la tête sont totalement bandés. Louise ne l'a pas entendu, elle effleure la main de Germain. Une quinte de toux provoque un geste de recul. Elle cherche le regard d'un malade qui garde les yeux clos, des larmes forment un flot continu sur ses joues, « *Non ! non ! commandant, pas par-là ! Oh ! c'est joli la fumée, on ne voit plus rien* ». Germain s'est agité avec une rapidité inattendue, ses mots semblent projetés par un mortier, sa tête oscille de gauche à droite sur son oreiller puis s'arrête. Il porte ses mains sur son thorax en grimaçant. Louise baisse les yeux, elle comprend que la morphine entraine son bienaimé dans des délires mais elle sait aussi que ces divagations reposent sur des souvenirs si douloureux.

Le 31 mai 1918, quelques jours après une offensive allemande, l'opération Michael, qui avait permis le franchissement de l'Aisne, Germain reçut un éclat d'obus sur le torse et les gaz l'asphyxièrent. Enseveli sous la terre, son corps n'apparaissait plus. Vierzy, des régiments décimés, plus d'un millier de prisonniers et un échec militaire. Porté disparu, le caporal Germain Février était retrouvé par des troupes allemandes et fait prisonnier. Dans cet hôpital du 13e arrondissement de Paris, personne ne connaît Vierzy, une petite commune à 116 km de là. Cette bataille dans le Nord de la France hante le cerveau, les nerfs et les pores de Germain. Cette guerre avait fragilisé son esprit, ses poumons et ses jambes. L'embolie pulmonaire qui le conduit à la Salpêtrière n'a pas été une surprise, c'est une conséquence presque naturelle d'une accumulation de tensions, de tristesse et de déceptions. Le mur de la lassitude et du désespoir s'est refermé, trop épais pour être démoli et trop haut pour être franchi. Louise n'avait rien pu faire, elle avait assisté à la lente détérioration du corps de son jeune mari. Un dos qui se courbe, des épaules qui s'abaissent, des jambes qui se traînent, des mains qui se recroquevillent et un visage creusé aux paupières affaissées. Le bel homme de 25 ans en 1914 a disparu loin de sa Nièvre natale, dans un champ ensoleillé du printemps 18. L'employé de la Compagnie des eaux, fier de sa réussite parisienne est devenu un malade qui ne guérit pas, un éternel blessé, la croix de guerre avec étoile de bronze dans un tiroir.

Louise observe le visage de Germain devenu inerte, elle surveille le moindre mouvement. Aucune fille de salle, aucun médecin pour l'informer, même quelques mots abscons, une voix qui lui parlerait, un regard qui la consolerait. En partant, Louise saisit le bras d'un interne affairé avec un patient dans un couloir. « *Je ne peux rien vous dire Madame, la seule chose que je sais c'est que votre mari doit être transféré en salle chalet demain, lit n°4* ». Marguerite avait raccompagné Louise dans l'appartement du 4ᵉ et avait dormi chez elle pour la rassurer. Le lendemain, elle devait travailler à l'atelier de couture et n'a pu se rendre à la Salpêtrière avec Louise.

Le vendredi 1ᵉʳ février 1924 à 7h00 du matin, ce fut un corps froid que l'infirmière découvrit. Louise l'apprit à 10h00 en venant pour la visite. Le regard vide, elle distinguait à peine les multiples questions qu'une employée de l'hôpital lui posait. Autopsie ? Elle secoua la tête « *Vous vous y opposez Madame ? Vous devez signer là alors* ». Louise nous raconta qu'elle tenait la plume sur le bout des doigts, qu'elle la trempa dans le petit encrier disposé sur le bureau de bois. « *Il faut venir retirer le corps assez rapidement, pour l'instant il est à la morgue* ».

La mort de mon neveu provoqua une tristesse nouvelle et intense.

Il meurt dix ans après le déclenchement de la Der des ders, à 35 ans. Lui qui était né en février a attendu le 1er février pour mourir. Lui qui avait comme moi, comme toi, le patronyme de ce mois froid et court, le mois des purifications et de la taille des vignes.

Je suis allé, malgré ma grande difficulté à marcher, à son enterrement à Ivry, seul, un dimanche brumeux. Henriette était malade, une toux qui ne la quittait plus, Marguerite préférait rester à ses côtés alors je n'avais pas insisté. Je voulais accompagner Louise, lui tenir le bras, écouter ses sanglots en restant droit et debout, un défi devenu presque inaccessible. Nos fêlures se soudaient et nos douleurs rassemblées affrontaient le malheur pour lui faire un pied-de-nez.

***

> *« C'est bien la pire peine*
> *De ne savoir pourquoi*
> *Sans amour et sans haine*
> *Mon cœur a tant de peine ! »*
>
> Paul Verlaine, *Romances sans paroles*,
> Ariettes oubliées, III, 1874

13
L'abandon

Mardi-Gras, dans les années 1970. Tu attends que Carine vienne te chercher pour aller à la Maison des jeunes où une fête costumée est organisée. Tu portes les vêtements de ton héroïne Fantômette, une cape de velours noir et rouge, des collants noirs, un tee-shirt jaune, une ceinture noire, un masque noir et un bonnet de lutin noir. Un déguisement maison cousu par ta mère. Tu piaffes d'impatience. À la fois pressée et inquiète, tu hésites à sortir vêtue ainsi, tu n'as pas l'habitude et tu as bien peu d'assurance. Heureusement, tu ne seras pas seule, ta copine va frapper à la porte et vous partirez ensemble, sans gêne et avec courage. Le temps s'étire, de longues minutes s'accumulent. Tu retires ton loup qui te tient chaud. Tu enlèves ensuite ton bonnet, un simple collant que tu as noué au bout pour faire le pompon. Tu décides de rester dans ta chambre et de t'assoir, fatiguée de t'être agitée dans tout l'appartement.

Lasse de patienter, tu ouvres la fenêtre et te penche pour voir si ta copine arrive enfin. Depuis le 6ème étage tu vois parfaitement la rue qui longe ton immeuble si long qu'on le surnomme « la muraille de Chine ». Carine habite au n°6 et toi au n°20, la route est droite, la visibilité est parfaite. Personne. Tu jettes un coup d'œil sur la Maison des jeunes que tu peux voir sur ta gauche. Personne. Tu poses tes coudes sur le rebord de la fenêtre et observe le ciel. Rien. Pas un nuage, pas un oiseau. Ton regard se dirige alors sur le parking situé juste à l'aplomb de ton immeuble. Tu remarques deux filles. Elles courent vite. Elles se précipitent vers les escaliers qui permettent de rejoindre la Maison des jeunes. Tu les as reconnues. Inutile de crier, elles sont déjà trop loin. Tu fermes la fenêtre et tombe sur ton lit. Carine et son amie Valérie ne sont pas venues te chercher, elles t'ont oubliée. De rage, tu retires ton costume, tu ne le remettras plus jamais. Tu abandonnes le personnage comme Carine t'a abandonnée. Un épisode qui pourrait paraître anecdotique s'il ne réveillait pas une blessure si ancienne et si profonde. Une histoire familiale faite de perte de repère parental.

Mon père, déposé à l'hospice de Guéret en 1830, n'a jamais connu ses parents. Mon fils n'a plus eu de père à l'âge de 14 ans lorsque je meurs en 1924 et se retrouve orphelin à 16 ans en 1926, à la mort de Marguerite. Ma femme était orpheline au même âge.

Ton père n'a presque pas connu sa mère puisqu'Aline, la femme de mon fils, divorce en 1939 et part, laissant ses trois enfants de neuf, huit et six ans à Guéret avec leur père. La solitude en héritage mêlée à un sentiment d'abandon. Lorsque Garnier a été tué, une part de moi s'est éteinte. J'avais eu la même impression après la mort de mon frère aîné Alfred. Les souvenirs d'une jeunesse vivante s'évanouissaient avec leur disparition. Alfred, Garnier, mon père puis Germain, j'avais le sentiment que ceux qui m'ont servi de béquilles m'abandonnaient à jamais.

***

« La vie passe. Le corps et l'âme s'écoulent comme un flot »
Romain Rolland, Jean-Christophe,
Livre X, La nouvelle journée, 1904

14
La photo

Salle d'attente d'un médecin, hiver 2014. Une quinzaine de personnes assises sur des chaises inconfortables. Le genre de lieu où le temps n'a plus la même valeur. Les minutes s'étirent, tes jambes se croisent et se décroisent, les regards se fuient, les sourires deviennent des tics, des réflexes incontrôlés. Tes mains feuillètent un magazine, s'agitent sur tes cuisses, tes joues, tes cheveux. La nervosité gagne tes yeux qui soudain tombent sur cette photo maladroitement accrochée sur le mur gris face à toi. Tu aimes tout de suite cette photo, moi aussi elle me plaît, j'aurais bien aimé le connaître ce Kertész. Deux hommes sur les quais près de Saint-Michel, un quartier que tu connais comme ta poche, les poches presque vides d'une étudiante. Ils sont de dos, peut-être ne vaut-il mieux pas voir leur visage. Ils portent des casquettes, des vêtements sombres et sont accoudés sur le parapet pour regarder la Seine. Ils se penchent comme absorbés par une scène que l'on ne voit pas, en contrebas, sur les quais qui longent le fleuve. L'un d'eux n'a plus son pied ni son mollet gauche. La "Der des Ders" est passée par là, c'est l'envers des médailles. De chaque côté de lui, une béquille posée à la verticale, soutenue par le parapet. Ces deux béquilles encadrent et protègent cet homme. Pour un temps, il n'a plus besoin de ses bâtons de bois, eux aussi se reposent. Les conflits permettent l'innovation technique, sinistre réalité, et la mécanothérapie en fait partie, la béquille en constitue l'élément le plus simple, le moins inventif. De bas en haut, un pied qui se sépare en deux tiges de bois. Celles-ci sont traversées par deux barres, l'une pour poser les mains et une autre pour les aisselles. Cette dernière barre attire ton œil, recouverte de cuir elle possède une forme incurvée qui ressemble à un toit de pagode. Comme une esquisse de sourire de part et d'autre des épaules de cet homme. Ces corps te fascinent, tu examines cette jambe dont les mouvements sont entravés par la mutilation. Le pantalon semble replié, à moins qu'il n'ait été coupé. Tu t'attardes sur l'autre jambe, la droite, celle qui est valide et tu remarques les chaussettes rayées. Un détail qui rend cet homme attachant, tu l'imagines prendre son temps pour choisir « la » chaussette. Comme si son identité d'être humain passait par un bout de tissus que l'on ne voit presque pas. Des sensations contradictoires se mêlent dans ton esprit. Cette photo t'apaise et t'inquiète, une impression d'un instant de tranquillité avant un drame. Le silence avant la furie. Une douce parenthèse qui précède le retour de la violence.

Moi aussi cette photo me touche, elle parle un peu de mon histoire : les blessures, un pont et la Seine. Tu vois, cette photo, je l'ai mise sur ta route. Elle date de 1926, je n'étais plus là depuis deux ans. Entre ma mort et cette photo, les deuils se sont succédé. La frontière entre les deux mondes est trop ténue pour ne pas laisser passer des échanges, des informations, des signes.

***

"L'essentiel est qu'on ne se marie pas avant d'être parvenu à cet état (le moment matrimonial) et qu'en attendant l'harmonie possible de la mort, on sache enfin composer l'harmonie plus simple de la vie."

Léon Blum, *Du mariage*, 1907

15

Quatre grammes d'amour

Elle est dans la liste, tu l'as lue en consultant les archives hospitalières de Paris. Elle accompagne des vêtements : 1 chemise, 3 pelisses, 2 pantalons combinaison, 1 peignoir bas, 1 polo, 2 manteaux écharpe, des objets sans grande valeur marchande : 1 onglier, 1 démêloir, 2 paires de ciseaux, 1 chaîne en métal, 1 couteau, 2 enveloppes en cuir, 1 porte-savon, 1 timbale, 1 paire de chaussure, 1 paire de chausson, 2 cadres dentier, 1 sac à main, 1 petite glace et 1 flacon en verre. Un inventaire après décès noté dans le registre dressé le 13 septembre 1926, page 44, hôpital Beaujon. Aucune clé parce qu'aucun appartement ne l'attendait mais l'alliance est bien là, fine et dorée. Retirée de l'annulaire gauche, elle a été pesée : quatre grammes.

La maladie ronge mais le soin de soi reste, les cheveux mi-longs de Marguerite étaient toujours lissés, tenus et ordonnés, les ongles étaient propres et blancs comme ce visage qui ne s'illuminera plus.

Je lui avais montré cette alliance dans une vitrine du boulevard Voltaire. La devanture bleue de la bijouterie joaillerie Fosse fils et Cie avait attiré son regard. La bague lui avait plu car elle était discrète, fine en apparence mais solide. Cette alliance lui ressemblait. Les deuils l'avaient amaigrie et la tuberculose avait accentué sa fragilité. Pourtant, chaque matin, sur son lit d'hôpital, elle prenait son petit miroir que notre Bette lui avait offert et elle démêlait ses cheveux qui s'étaient brouillés dans la nuit agitée et courte. Ce jour de septembre, son lit était vide, son frère Louis est venu chercher ses affaires, il a mis dans un mouchoir la bague légère. Elle était devenue presque trop grande. Avec son pouce, elle la faisait rouler le long de son annulaire. Attachée au doigt comme au passé et aux souvenirs d'un amour devenu lointain. Quatre grammes, cela semble si peut. Nous étions liés et cette alliance nous unissait, le temps compte davantage que le poids. Où est-elle maintenant ? Peu importe. La tristesse était immense dans ces draps blancs, dans cette chambre d'hôpital et dans ce Paris devenu hostile et insalubre. Je savais que mon départ allait être douloureux pour Henriette et Marguerite. Les souffrances de mon corps, la honte et le sentiment d'inutilité l'ont emporté, ma volonté ne pouvait résister à l'appel de la fin.

***

Je ne sais d'assurés, dans le chaos du sort,
Que deux points seulement, la souffrance et la mort
Alfred de Vigny, *Poèmes antiques et modernes*, 1826

16
Seine et Charité

J'avais bu, tu crois ? Bien sûr, tu te poses la question. Ton père, ta tante, tes oncles, ton grand-père... un sang familial imbibé de cette hérédité de la bouteille. Je vais être franc, je ne me souviens pas. J'avais du mal à marcher depuis que cette voiture m'avait renversé en 1914, les béquilles, je n'en voulais plus. Maudites rues de Paris, les traverser revenait à prendre un risque à chaque pas. J'ai vu l'installation du premier feu rouge sur le boulevard de Sébastopol le 5 mai 1923, presque dix ans après mon accident. Pas sûr que ces feux empêchent les collisions. A la douleur physique s'ajoutait le chagrin, ce petit Germain que je considérais presque comme mon fils. Je comblais son absence avec le vin aigre.

Il faisait moins chaud ce vendredi 25 juillet 1924, les 35° de la semaine précédente étaient oubliés. Les Jeux de la VIIIe olympiades étaient presque terminés, j'avais lu les exploits d'un jeune nageur américain au nom allemand, sa musculature sur les photos était impressionnante. Ce Johnny fascinait. Moi, je ne savais pas vraiment bien nager.

La crue exceptionnelle de la Seine de janvier n'était plus visible. Les souvenirs remontent, les images surgissent.

Je me dirige vers le pont, l'un des plus anciens de Paris, le pont Royal. Lorsqu'il était en bois au XVIIème siècle, il était peint en rouge, la couleur qu'il me faut. Tu aimes aller vers un autre pont rouge, celui de Veulettes-sur-Mer, en Seine-Maritime, face à la Manche où l'eau se confond avec l'horizon et vient terminer son voyage sur la falaise d'albâtre.

Je touche le parapet et regarde la Seine depuis l'entrée du pont. Des points lumineux s'agitent et avancent doucement à un rythme régulier. Paysage tranquille d'un fleuve au soleil. Le vent léger pousse délicatement l'eau, la lumière solaire se reflète de façon uniforme avec juste quelques éclats plus brillants par instant comme des flashs aveuglants. Tout semble si doux dans cette journée d'été 1924. La matinée va bientôt s'achever, le soleil dans les hauteurs paraît dominant et inatteignable en véritable seigneur du ciel. Un tableau de maître à peine dérangé par les mouvements du courant fluvial. Un éternel recommencement, un jour paisible pour la Seine encore endormie dans son lit. La ville s'éveille lentement. Ma décision est prise.

Le fleuve est plus profond sous ce pont. J'avance péniblement sur le trottoir en direction du centre, sous l'arche la plus haute : 23 mètres. Ma vue se trouble. Je retire ma veste et mes chaussures. Je pose mes béquilles. Je n'entends plus le bruit de la ville. Je me penche. Je me laisse tomber. Je tombe. Je ne sais plus respirer. Le temps s'étire et je ne comprends plus où je suis, où je vais, une pression s'exerce sur ma poitrine. Puis le froid, le choc de l'eau. Tout va vite, je m'enfonce et mon corps se laisse emporter par les courants, par le vent, par la vie qui se finit. Je ne parviens plus à respirer, l'imminence de l'étouffement provoque une agitation brusque et vaine.

"*Là, regardez, un homme !*" Lourd, je suis lourd, je ne vois plus. On me tire. L'air succède à l'eau puis de nouveau le liquide envahit mes poumons. Une force me soulève. Des cris lointains. Des frissons si proches. On me touche, on me traîne. Je ne vois rien. Le corps sur la pierre, sur la berge. Un homme est tout proche, trempé, j'entends le ruissèlement de l'eau sur les pavés. Tu as lu le nom de celui qui n'a pas hésité à plonger, Henri Génelot. Puis une voix plus forte. Je crois reconnaître le timbre de l'agent Coste. Un visage au teint clair surgit d'une nébuleuse. On me touche.

"*Vite, allez au commissariat ! Courez, il ne respire plus ... il faut un médecin !*". Une douleur aux côtes, je suis un pantin que l'on manipule.

Je crois qu'une ambulance est arrivée, direction la Charité. Le voyage semble infini pourtant du pont Royal à la rue Jacob, ce n'est pas bien loin, la rue du Bac puis la rue de l'Université. Pas plus de 800 mètres. J'ai tellement parcouru Paris à pied avec Niron, avec Deray ou avec Namur, les rondes de nuit au moins deux fois par semaine, les attaques comme cette nuit du 28 mars 1907 où un couteau a transpercé mon dos.

Cette nuit-là je te l'ai déjà racontée. Des collègues avaient réussi à pourchasser deux d'entre eux : les frères Crépiat, fils de la concierge de la rue Saint-Paul, numéro 26. Le récit de cette nuit noire, tu le connais mais dans l'ambulance ce 25 juillet, c'est au jugement que je pense. Il a eu lieu en septembre 1907 à la Cour d'assises de la Seine. Ces jeunes imbéciles ont dit ne se rappeler de rien, leur avocat, Me Quentin a une excuse *"ils étaient saouls, monsieur le juge"*. Les frères Crépiat, sans antécédent judiciaire, sont acquittés. Le juge a décidé que ma vie ne valait pas grand-chose. Je revenais de l'enterrement de mon frère, j'avais pris le risque de mourir parce que deux jeunes ivrognes dérangeaient tout un quartier. Ils m'avaient laissé une cicatrice de 22 cm et une souffrance invisible mais ils sont repartis libres. La presse n'a quasiment pas parlé de ce jugement, juste un petit entrefilet en page intérieure, elle ne trouve de grands élans que pour dénoncer « la loi des Apaches » et souligner l'insécurité permanente. Pour moi, c'est un nouveau coup dans le corps. Quelque chose qui assomme et fait chavirer.

Je me souviens de cette douleur lancinante dans le dos, j'ai l'impression qu'elle se réveille et qu'elle m'accable. La médaille d'honneur en or que le ministre de l'Intérieur m'avait décernée ne me protège pas, n'adoucit pas ce supplice si vif.

Marguerite avait raison. Merci Monsieur Clemenceau pour la médaille vermeil, merci Monsieur Deschanel pour la médaille en or mais je crois que maintenant mon heure est arrivée.

Cette fois, je ne vais pas à l'Hôtel-Dieu comme en 1907, comme en 1909 ou encore en 1914 mais à l'hôpital de la Charité. L'ambulance franchit la gigantesque porte. Je revois mon père et ses grandes mains calleuses, ma mère au sourire discret et permanent, Alfred et sa joie communicative, Louis toujours très réservé, Marie-Louise la petite curieuse, Germain l'être le plus généreux et le plus courageux, les châtaignes sur les chemins, ma fille aux grands yeux pétillants, mon fils droit comme un i, ma Marguerite parfumée et si attentive aux autres, mon uniforme qui me manque et mon ami Garnier. Puis, un éblouissement si grand. Il est midi.

Un silence. Un soulagement, je n'ai plus mal. Puis des sons qui s'ajoutent et deviennent de plus en plus forts. Des bruits métalliques, des voix qui s'élèvent et s'entremêlent, des mouvements saccadés. Les mots prennent formes et je les distingue avec peine.

« Bon allez, dépêche, met-le à la morgue vite fait, aucun service ne va vouloir le faire rentrer »

- *Ben pourquoi ?*
- *Ça va faire un mort de plus et c'est pas bon pour la réputation ça, tu piges ?*

Ma mère n'a pas pu me voir. Un voyage à Paris n'était pas envisageable. L'annonce de ma mort l'a plongé dans une longue détresse. Voir Marguerite et Henriette lui auraient épuisé les yeux. Elle disparaît neuf mois après ma mort, le 2 avril 1925. Ensuite, Henriette meurt à la maison, ma petite Bette a succombé le 24 août 1925, quelques mois avant Marguerite qui me rejoint le 1er février 1926, à 9h30 du soir, lit n°21 de l'hôpital Beaujon, saleté de tuberculose. Jean-Louis, ton grand-père, se retrouve orphelin à 16 ans. Le frère de Marguerite, Louis Carriat, a accueilli mon fils chez lui dans le 14e, rue Liancourt.

La presse du 26 juillet parle un peu de ce suicidé, de cet ancien gardien de la paix. *Le Figaro* écrit dans les nouvelles diverses, que je suis *"neurasthénique"* depuis que j'ai été réformé et mis à la retraite en 1919. Mes nerfs sont bien fatigués, oui, mon corps ne répond plus vraiment. Après mon accident de mai 1914, mes jambes ne me conduisaient plus guère qu'à l'hôpital ou chez moi, rue Saussure. Les verres remplis se sont succédé mais ils ne suffisaient plus et se multipliaient pour accepter la déchéance.

Tu as donc une nouvelle version de ma mort, moins glorieuse, plus honteuse et donc moins avouable. Presque tous les journaux nationaux ou parisiens en parlent mais je ne suis plus en Une. Mon décès ne vaut qu'une brève dans la rubrique des faits divers. La légende familiale s'éloigne, je ne suis pas une victime du devoir et mon nom n'apparait pas sur le monument du cimetière Montparnasse contrairement à Deray ou Garnier. Pas de Février non plus dans la cour de la préfecture de police de Paris. Alors d'où vient ce récit ? Qui croire ? Une presse peu déontologique qui n'hésite pas à fabuler, à transformer ou une tante aveuglée par le désir de grandeur d'une famille dysfonctionnelle et défaillante ?

***

« *A proprement parler, l'homme est fou, comme le corps est malade, par nature ; la raison comme la santé n'est en nous qu'une réussite momentanée et un bel accident* »
Hippolyte Taine, *Histoire de la littérature anglaise*.
Introduction, 1863

17
Les cimetières

Une fin de mois d'août désert, une chaleur douce accompagnée d'un vent léger et d'une lumière apaisée enveloppe l'air de cette journée de l'été 2019. Une atmosphère sereine t'entoure. Tu gares ta voiture dans une impasse qui mène à la grande porte. Le magasin de fleurs, vaste et désuet, semble silencieux. Un homme coupe des tiges debout face à une table de marbre. Tu l'observes sans vouloir le déranger. Un engourdissement envahit ton crâne puis s'étend par capillarité à l'ensemble de ton corps, tes yeux se plissent sans effort. Comme hypnotisée, les minutes passent, un sourire apparaît sur tes lèvres. L'homme lève la tête et te voit. Tu dois sortir de ta torpeur et expliquer pourquoi tu es là.

"*Bonjour, je voudrais trois roses, s'il vous plaît, de couleurs différentes.*

- Oui, bien sûr. Quelles couleurs ? J'ai le choix, venez voir...

Il a répondu un peu vite, tu aurais voulu rester encore un peu dans ce bain de pensées vaporeuses. Tu le suis. Juste quelques pas vers des bacs remplis de roses et classées par teintes.
- *Une rouge, une jaune et... Celle-ci*
Tu lui montres une blanche liserée de rose.
- *Je les mets ensemble ?*
- *Non, séparées, s'il vous plaît"*
Il les place chacune sur du papier kraft puis les entoure d'une cellophane transparente. Autour de la tige un lien de Bolduc de la couleur de la rose. Tu quittes le fleuriste et le laisse dans ce magasin à l'architecture métallique fraichement repeinte pour faire oublier qu'elle est là depuis 1865.

Tu franchis l'entrée bordée de deux piliers sur lesquels est gravé un "Pax" bien inspiré. Les pavés et les arbres sont bien alignés. Tu cherches ce que les archives t'ont donné : des numéros, ceux d'une division et d'un emplacement.

L'air est frais grâce à l'ombre des platanes, une impression de climat méridional sans les cigales. Tu es seule dans un labyrinthe mais cela ne t'inquiète pas. Tu serres les tiges de tes trois roses et des frissons te parcourent le corps. Une forme d'impatience et d'excitation t'anime et propulse tes jambes à travers les allées multiples.

Tu ne trouves pas, rien ne semble correspondre à tes informations, à tes numéros. Un homme aux cheveux gris, à vélo, passe près de toi.

"Bonjour, vous travaillez ici Monsieur ?
- Oui, depuis plus de 20 ans ! Je peux vous aider ?"
Il t'éclaire en t'expliquant l'organisation du dédale silencieux. Il repart sur sa bicyclette et tu te lances à nouveau dans ta recherche. Tes chaussures à talon ne facilitent pas le déplacement entre les pavés, la terre et les graviers. Tu ne trouves toujours pas. Le cycliste repasse, tu l'interpelles et il t'indique un bâtiment à l'entrée où tu pourras avoir tous les renseignements nécessaires. L'appareil photo dans une main et les fleurs de l'autre, tu retournes donc sur tes pas puis entre dans les bureaux de la Conservation. Au fond d'un couloir étroit, une petite pièce avec un comptoir de bois derrière lequel trois femmes assises sont à peine visibles. Tu expliques les raisons de ta venue avec le sourire. La plus jeune des trois fonctionnaires te dit qu'elle va regarder.
"Mais je vais me faire aider par ma collègue car je débute et je n'ai pas l'habitude de faire ce genre de recherches".
Tu patientes en t'asseyant sur des bancs de simili cuir. Elle t'a fait comprendre que ta demande n'est pas prioritaire et que l'essentiel de son travail n'est pas de répondre à ce genre de questions. Tu t'attends donc à devoir patienter…un certain temps.
Tu aimes l'odeur de cire et le parquet qui craque. La vétusté de l'endroit ne doit pas être facile à vivre au quotidien mais pour un simple passage cela a du charme.

"Bon, alors, c'est normal que vous n'ayez pas trouvé, les références ne correspondent plus depuis longtemps. Tout a été modifié et de toute façon les trois personnes ne sont restées que six mois."
- *Comment ça ? Je ne comprends pas bien*
- *Personne n'est venu les chercher pour leur donner un emplacement payant. On les conservait gratuitement que six mois, au-delà c'est l'ossuaire.*
- *Vous voulez dire que n'ayant pas de caveau ni d'argent suffisant pour payer un emplacement, les corps ont été placés dans l'ossuaire du cimetière ?*
- *Oui, exactement. Et depuis 1963 l'ossuaire du cimetière de Saint-Ouen a été transféré au Père Lachaise*

En l'espace de trois ans, de façon successive, un homme de 43 ans, sa fille de 19 ans puis sa femme de 44 ans sont morts et aucun n'a de sépulture. Aucun membre de la famille n'a pu financer une place dans un cimetière fusse le moins cher de la petite couronne parisienne. Tu te demandes comment un ancien gardien de la paix médaillé et membre de la prestigieuse police du préfet Lépine, a pu se retrouver dans une telle pauvreté que l'argent manquait pour sa dernière demeure.

L'injustice s'immisce partout et la misère s'installe vite. Ma jambe malade et les bouteilles de vin avalaient ma maigre retraite. Notre logeur venait deux fois par mois et ne nous laissait presque rien. Soigner Henriette devenait impossible alors payer une concession ou un cercueil… Tu vois, je te l'avais dit, je n'ai pas de tombe. Je n'ai fait que passer à Saint-Ouen. Pourtant tu sens ma présence ainsi que celle d'Henriette et de Marguerite dans ce cimetière. Tu sors du bureau de la Conservation et retournes dans les allées. Tu te diriges vers le fond à gauche en entrant, là où se trouvait peut-être le lieu de mon inhumation en ce mois de juillet 1924. Un espace entre des tombes a été volontairement laissé en friche pour favoriser la biodiversité, un souci du XXIème siècle. Au centre, un arbre, un ailante qui n'a certainement pas connu les années 1920 mais il t'attire. Autour de lui, un espace herbeux qui respire la liberté. Comme une bouée au milieu de la mer. Tu t'avances et tu déposes tes trois roses au pied de l'arbre, du côté opposé à l'allée principale. Ainsi, seuls les plus curieux qui feront le tour de l'arbre pourront les voir. Grâce à toi, un peu de moi repose sous un arbre, c'est mieux que les fusillés de la Commune ensevelis dans une fosse commune.

Tu as mis du temps à me trouver et à mettre fin à la légende familiale. Toutes les familles transforment, volontairement ou pas, le récit des ascendants. La tentation de l'oubli, du déni ou du mensonge s'accroît avec les traumatismes et les morts jugées indignes, le suicide en fait partie. Mais je crois savoir d'où provient la version de ta tante Lolo.

***

> « *Mais la vérité seule est une, est éternelle.*
> *Le mensonge varie ; et l'homme, trop fidèle,*
> *Change avec lui : pour lui les humains sont constants,*
> *Et roulent, de mensonge en mensonge*
> *flottants... »*
> André Chénier, *Hermès,* épilogue

18
Vérités et mensonges

Marguerite et les enfants m'avaient manqué pendant la guerre lorsqu'ils s'étaient réfugiés à Peyrabout. A leur retour, en décembre 1918, un matin où mon fils me regardait, que la honte me gagnait, que je sentais le mépris poindre, je lui ai raconté pour la première fois l'accident de ce jour malheureux du 18 mai 1914. Je lui ai expliqué que la voiture qui m'a renversé était conduite par Louis Raimbault, un membre de la bande à Bonnot. Interné, il n'a pas été jugé mais il a simulé la démence et il est sorti en 1913. Je m'identifiais ainsi à Garnier. Comme lui, j'étais alors membre de la brigade des voitures. Jean-Louis avait neuf ans et buvait mes paroles. Je revivais l'instant et je détaillais la voiture, la réaction indignée des passants, les injures jetées au conducteur haï.
"Forban ! Couilles-molles ! Regardez-moi ça, quel couard ce chauffeur ! C'est une honte !

- *Vous avez relevé le numéro ?*
- *Vous connaissez la marque de l'auto ?*
- *C'est la 4ème fois que je vois un chauffard en deux semaines !*
- *Et moi, un taxi a déjà renversé mon mari…*

Ces commentaires, je ne sais plus si je les ai entendus ou si ma mémoire les a reconstruits à sa manière. Mes paroles imprégnaient les oreilles de mon petit qui en m'écoutant retrouvait un peu de fierté et d'espoir car mon énergie revenait en façonnant ce récit.

Pour mon fils Jean-Louis et sa fille Henriette née le 6 mai 1933, je suis mort assassiné, poussé dans la Seine par un malfrat vengeur de la bande à Bonnot. La réplique de Jouvet dans le film de Clouzot étant une « preuve ». La mémoire s'arrange comme elle peut, les émotions se mêlent et les histoires racontées aussi. Selon la presse parisienne, je me suis suicidé poussé par mon état dépressif. Selon les archives hospitalières, aucune trace de mon corps dans aucun hôpital parisien pourtant j'ai bien été enterré -provisoirement- au cimetière de Saint-Ouen le 28 juillet 1924. Alors ? Et si tous mes indices n'étaient là que pour t'inciter à chercher une autre version, pas celle de la légende familiale, pas celle des journalistes mal informés qui se recopient entre eux, pas celle des archives lacunaires mais la mienne.

Deux lieux, deux époques, deux indices.
Clermont-Ferrand, mai 1978.
Dès que la musique retentissait, tu courais vers la télé. Sur fond de dessins à la façon des unes du *Petit journal illustré*, une date puis une voix grave résumait un épisode historique de la « Belle époque » ensuite le générique commençait :
« *M'sieur Clemenceau*
Vos flics maintenant sont dev'nus des cerveaux
Incognito
Ils ont laissé leurs vélos, leurs chevaux.
Pendant c'temps-là dans les romans
Certains nous racontent comment
Faire un casse tranquillement
Pour tuer le temps.
J'voudrais les-y voir
A notre place pour n'pas en prendre
Pour vingt aaaaannns »
Tu chantais avec Philippe Clay la chanson du feuilleton. Tu ne savais pas qu'elle s'intitulait « La complainte des Apaches ». La mélodie entrainante de Claude Bolling avec clarinette, saxophone, trompette et piano annonçait toujours un moment de bonheur, recroquevillée sur le canapé, à moins de deux mètres de l'écran de télévision. Tu ne voulais manquer aucun épisode des « Brigades du Tigre ». Pour les beaux yeux clairs du commissaire Valentin mais aussi parce que l'histoire de ces

policiers de la première brigade mobile te fascinait. Celui de ce début mai 78 s'appelait « Bandes et contrebandes » et il était question d'anarchistes, de l'influence de Bonnot. Ce mélange d'enquête policière et d'événements historiques du début du XXe te donnait l'envie de découvrir et de comprendre le monde passé. Tu as choisi plus tard des études d'histoire, un mot qui justement signifie en grec « enquête ». Mais moi, simple gardien de la paix, je ne menais pas vraiment d'enquête. Un autre Février était inspecteur, je ne l'ai pas connu, il a commencé sa carrière en 1920 au moment où j'avais déjà pris mes invalides mais j'ai lu son nom dans la presse. Tu as découvert l'inspecteur Marc Février de la première brigade mobile en cherchant dans les journaux. Tu as lu qu'il avait été chargé de trouver la cause de la mort d'une jeune fille retrouvée dans la Seine en septembre 1930. Mademoiselle Curtelin s'était-elle jetée ? Était-elle tombée accidentellement ou avait-elle été assassinée ? Comme souvent, la presse n'a pas relaté la fin de l'enquête, le mystère reste entier. Ce qui est plus certain c'est que l'inspecteur Février du film de Clouzot en 1947, celui qui est retrouvé assassiné dans *Quai des Orfèvres*, celui qui faisait briller les yeux de ta tante Lolo c'est Marc, ce n'est pas Henri. Tu as même trouvé que cet inspecteur a inspiré Georges Simenon pour créer l'inspecteur Janvier, l'un des proches collègues de Maigret, celui qui fut blessé par balle au poumon droit dans *Maigret en meublé*. Ta rencontre aux archives nationales au début des années 1990 avec Pierre Assouline qui écrivait alors la biographie de Simenon n'était donc pas vraiment un hasard... Tout cela n'explique pas ma mort car Marc Février n'a pas été retrouvé dans la Seine, il meurt chez lui à Arcueil auprès de son épouse prénommée... Henriette. Mais il n'a guère vécu plus que moi, 47 ans contre 43. Ses blessures de 1916 avaient affaibli son souffle et fragilisé ses poumons.

Cumes, près de Naples, mai 2012.

Tu accompagnais un voyage scolaire. Dans le temple de Jupiter dont les vestiges avaient été découverts en 1924, le professeur de latin décrivait le lieu mais le vent couvrait ses paroles. Sa voix de stentor te permettait de distinguer quelques phrases : *« Pour les Anciens, le souffle d'Eole dans les feuilles des arbres est une forme de communication entre les dieux et les mortels »*. A ce moment-là, tes yeux se levèrent vers les branchages agités d'un olivier, une image apparut devant tes yeux, comme un écran furtif. La netteté te déstabilisa et la rapidité te paralysa. Tes yeux fixaient le tronc de l'arbre pour retrouver une stabilité et une explication. Le vent dans les feuilles poursuivait son discours, il apaisait et inquiétait dans un même mouvement.

L'observation procura à tes sens une accalmie du rythme cardiaque mais le bruit du souffle, provoqua une multitude d'interrogation. La sibylle de Cumes était-elle présente ? Et pour quelles prophéties ? Tu fermas tes paupières dans l'espoir de revoir la scène qui s'était imposée à toi. Une image se forma à nouveau : un homme sur le quai des Tuileries pousse un autre homme. Appuyé sur des béquilles, il tombe.

Maintenant, je vais te raconter ce qui s'est vraiment passé.

Nuit du jeudi 24 juillet 1924.
Assis sur le fauteuil face à la fenêtre grande ouverte, je regarde la façade située de l'autre côté de la cour intérieure. Le sifflement du gaz dans les tuyaux des réverbères rythme ma respiration. Tous les volets de l'immeuble sont fermés, je les distingue assez bien, la lune éclaire la nuit. Le disque lumineux de la semaine dernière doit être réduit de moitié, je pourrais le voir en me penchant en avant mais je ne peux pas et je ne veux plus bouger. Des tenailles encerclent ma jambe, des pointes attaquent mes muscles par vagues successives. Une lame se plante sur un nerf et goûte son effet. Je sers les mâchoires, hurler réveillerait Marguerite, Henriette et Jean-Louis. Je veille depuis quatre nuits. Dormir la journée est la seule façon de ne plus reproduire un geste que je regrette chaque minute, la culpabilité envahit mon corps et le détruit lentement. Ces mains qui ont trop serré, mues par la colère, le chagrin et l'alcool. Ces poings qui se sont fermés et ont frappé, cette force amplifiée par le désespoir. Puis le remord, les larmes qui ne viennent pas,

la gorge asséchée. La violence subie depuis ma jeunesse a rempli mon être, s'est emparé de mon esprit et ne veut plus sortir. Une envie de pardonner affleure mais très vite un besoin de tout détruire la remplace. Le petit miracle qui s'était produit lorsque j'avais serré ma fille dans mes bras après la coupe de ses cheveux ne s'est plus jamais reproduit. Le sommeil a presque disparu, remplacé par un corps endolori. L'énergie s'envole, l'inertie s'installe. Les soins à l'hôpital ne sont plus possibles, le trajet est devenu trop long et l'argent manque. Mes bâtons de bois deviennent mes alliés, mes amis et mon seul espoir. Ils m'empêchent de chavirer entre le lit et le fauteuil. Mon regard se pose sur les murs parsemés de moisissures, l'humidité s'est installée depuis des années, elle dessine des arabesques de salpêtre sur les parois jaunies. Les volutes empoisonnées diffusent dans mes bronches des saletés de nitrites. Ce logis ne m'appartient pas et j'assiste à la lente colonisation des champignons dont l'odeur est omniprésente. Je crois entendre frapper à la porte, j'imagine le logeur revenir encore une fois pour réclamer le loyer. Il me semble que je le vois, il s'emporte, ses yeux semblent vouloir me saisir, me broyer, m'anéantir. Ses mains me cisaillent le visage, ses pieds me collent contre un mur. Je deviens immobile. Le délire m'envahit.

Vendredi 25 juillet 1924

A huit heures Marguerite se lève, prépare des tranches de pain et une soupe pour midi. Je ne dis rien. Jean-Louis s'habille pour aller travailler aux halles. Henriette reste allongée, seuls des toussotements plus réguliers indiquent qu'elle est réveillée. Je garde les yeux clos, l'illusion du repos. La journée commence. Bientôt Marguerite va fermer la porte pour se rendre chez Madame Eugénie, une autre couturière qui dispose d'une machine. Une fois sortie de l'immeuble, elle va tourner à droite pour prendre la rue Legendre sur la gauche et marcher jusqu'au numéro 62. Un chemin de moins de dix minutes pour rejoindre une patronne aigrie et plus exigeante envers les autres qu'avec elle-même. Presque neuf heures de travail sans pause sur une chaise à l'armature rigide qui brise le dos. Les doigts gonflés et les paupières enflammées, ma douce Marguerite pique, découpe, file. Elle rentre un peu avant sept heures du soir, après la visite du vendredi chez le boulanger. Jean-Louis a l'habitude de revenir un peu plus tôt, vers six heures du soir.
La fenêtre est ouverte, j'entends un oiseau, il me regarde. L'immeuble s'agite, les escaliers de bois craquent, des voix s'entrechoquent et le bruit des charrettes monte depuis la rue vers les étages.
Je crois entendre la veuve de mon ami Garnier. Puis plus rien. De nouveau je l'entends, oui, c'est bien Marie et elle m'appelle. Que me veut-elle ? Elle répète une même phrase

que je ne distingue pas vraiment. Puis je cris « *C'est pas moi qui l'ait tué ! C'est cette auto, celle aussi qui m'a blessé, celle qui m'a transformé en loque, celle qui a ruiné ma vie.* » Ma tête tourne, mes oreilles bourdonnent, la voix de Marie s'approche puis s'éloigne, me menace puis se fait douce. Dans un élan je me lève, attrape mes béquilles. Je mets péniblement mes chaussures et j'ouvre la porte.

Je dois aller la voir, je prends l'autobus AK qui part de la gare St-Lazare et je prévoie de descendre à St-Michel. Peu de monde à 10h du matin, je m'assois dans un beau bus neuf, une fierté de la Société des Transports en Commun de la Région Parisienne. Ma volonté me donne une énergie que j'avais perdue. Le chauffeur de l'autobus se trompe, je ne reconnais pas le chemin. Il faut que je sorte. Mes béquilles tombent, un jeune homme les ramasse et veut me les prendre, je les lui arrache d'un mouvement rapide. Je me retrouve aux Tuileries. Parfait, il suffira de traverser la Seine pour rejoindre la rue de Lille où habite la veuve de Garnier. Je m'apprête à franchir le pont Royal quand je la vois sur les quais, en contrebas, des escaliers me permettent de descendre, serai-je assez rapide ? Mon agilité, entravée par les béquilles, est ralentie pour emprunter les marches. Pourtant ma jambe folle me parait soudain légère. Je la distingue encore, je voudrais crier son nom. Les mots se mélangent, ma mémoire s'enlise dans une brume de plus en plus épaisse. Je me propulse à l'aide de mes bras, mes bâtons de bois offrent un rythme sonore régulier en tapant sur les pavés. Elle m'entend, se retourne, me fixe avec des yeux écarquillés. Elle ouvre la bouche mais aucun son ne me parvient, je redouble d'efforts pour avancer plus vite. Elle dispose ses mains en portevoix autour de sa bouche « ....*ion !* », j'y suis presque, « *Attention ! derrière toi !* » Lorsque je comprends enfin ses paroles, je sens un poids qui me pousse dans le dos, une force telle que je bascule, trébuche et chute dans la Seine. Les béquilles restent sur le quai. C'est un accident, encore un accident. Un cycliste pressé qui se rendait à la gare d'Orsay. La vie n'a jamais cessé de me renverser. Tomber est ma condition, je me suis toujours relevé mais cette fois, le courant m'emporte, l'heure est venue. Me crois-tu ?

***

> « *Je me suis exilée dans l'Espace et le Temps*
> *Et j'ai déverrouillé le Mystère, écoutant*
> *L'écho des voix qui roule aux longs couloirs des âges* »
> Ernest Raynaud, *A l'ombre de mes dieux*, Orgueil, 1924

Épilogue

Clermont-Ferrand, 1974

Je ne la connaissais pas cette jeune fille qui habitait au numéro 24. Je l'ai vue pour la première et la dernière fois allongée sur l'asphalte du trottoir comme figée dans un mouvement de breakdance.

Je n'avais pas compris que ce corps inerte avait chuté. Je venais juste prendre l'air à la fenêtre car à l'âge de six ans les parties de tarot de mes sœurs dans le salon ne m'intéressaient guère. J'avais cru voir un voisin qui s'amusait à jouer à la guerre. Mais l'immobilisme s'éternisait alors je suis allée en parler aux joueuses de cartes. Je ne sais plus vraiment ce qui s'est passé ensuite, juste quelques bribes de phrases saisies au vol et enregistrées dans ma mémoire « *Son père est un malade, il travaille à la morgue, il parait qu'il viole les cadavres* ».

Clermont-Ferrand, 1985

Je la trouvais gentille la mère de mon amie Sonia. Les cheveux courts, elle avait une coupe étrange digne des footballeurs des années 80. Mais c'était les années 70 et elle était toujours élégante avec ses pantalons à pattes d'eph' et ses sous-pulls bien ajustés. Elle passait ses journées à nettoyer le sol et les vitres de son appartement. Quand j'entrais chez Sonia, je pénétrais dans la pénombre, les volets étaient toujours fermés. J'ai oublié le prénom de cette femme d'environ quarante ans, je me souviens qu'elle parlait vite et semblait vivre dans l'urgence de quelque chose. Sa voix s'est tue lorsqu'elle a ouvert à jamais la fenêtre et les volets de sa chambre. Je ne voyais plus beaucoup Sonia à ce moment-là, le collège nous avait séparé. Pour sa mère, le 6ème étage a été fatal.

Paris, 1993

Je pensais passer une bonne soirée dans un resto avec mon amoureux, la vie est légère à 23 ans. Les tours du 13e arrondissement ne séduisent pas par leur esthétique mais le rez-de-chaussée de l'une d'elle accueille un petit bijou de la cuisine chinoise. J'entre insouciante, impatiente de diner et je savoure les fauteuils molletonnés en attendant les plats commandés. Un bruit sourd à l'extérieur, un petit cri discret à l'intérieur. De l'agitation du côté des serveurs. Puis des sirènes, celles d'une ambulance ou de la police, je ne sais plus bien qui est arrivé en premier. Ce qui est sûr c'est que c'était une jeune fille asiatique écrasée au sol devant l'entrée du restaurant.

Clermont-Ferrand, 1995

Elle portait presque le même nom que moi. Pour le prénom, j'avais l'habitude, entre 1965 et 1975, beaucoup de parents n'ont pas été très originaux. La chanson de Bécaud a réduit la créativité des prénoms de petites filles. « Nathalie » est devenu un marqueur temporel indélébile. Mais celle qui était avec moi en primaire portait également un nom quasi similaire au mien. Une coupe au bol et le cheveu épars, elle se distinguait par son invisibilité comme si son corps voulait s'effacer. Elle a souhaité accorder l'impression à la réalité un jour ensoleillé du haut d'un viaduc en face de chez mes parents.

Barre horizontale qui traverse le paysage depuis la fenêtre du salon, cette route suspendue attire de nombreux candidats à une fin de vie précipitée. Nathalie a franchi le parapet, depuis ce jour ses jambes ont épousé un fauteuil roulant.

Lac Chambon, 2016

Je goûte l'été sur un pédalo blanc. Le lac de montagne offre un panorama sur des falaises volcaniques. L'ami de ma sœur aînée raconte que la directrice d'un parc d'attraction de la région a choisi ce paysage pour terminer son parcours de cinquante ans. Un saut depuis une aiguille rocheuse de 100 mètres qui ne laisse aucun doute sur l'issue. Un acte commis en hiver lorsque les arbres offrent une meilleure vue du sol. Cet événement a eu lieu à une date peu anodine, celle de mon mariage et celle de la naissance de ma seconde fille dont les chutes hantent les pensées et les cauchemars.

Saint-Cloud, 2023

Mes yeux s'ouvrent, il est 6h00. Les images de ce rêve sont encore très nettes, la succession des plans est limpide.

L'eau couleur de terre court dans le lit du viaduc, elle envahit la route, une barque à fond plat descend en direction du jardin des plantes. Trois ou quatre personnes debout dans la barge, glissent avec lenteur à l'emplacement du trottoir. Puis mes yeux se dirigent sous le pont en béton, la rue est devenue un fleuve agité. Une cascade dévale depuis le viaduc et j'aperçois des personnes emportées par le flot violent de cette coulée brune. Un homme attrape par le pied un autre pour le retenir. La main ne résiste pas à la force de la pression de l'eau trouble. Le corps tombe mais reste à la surface, allongé sur le dos, il se laisse porter et je distingue son short et son tee-shirt clair, son visage ressemble à celui du compagnon cambodgien d'une de mes sœurs. Depuis la fenêtre du 6ème étage, dans le salon de mon enfance clermontoise, la scène d'inondation semblait si réaliste. Au moment où je fais ce cauchemar, la fenêtre, le salon, l'immeuble, plus rien n'existe. La « muraille de Chine » vient juste d'être détruite. Plus de 350 appartements se sont écroulés, des gravats s'amoncèlent sur trois cents mètres de long. La fatalité de la destruction, de l'écroulement et de la vie emportée par l'eau se répète.

Tous ces corps qui tombent, qui se jettent, ont jalonné mon existence. Comme des piqûres de rappel, ces images reviennent et insistent. Dès lors, comment ne pas penser qu'Henri, mon arrière-grand-père, n'a pas, lui aussi, sauté délibérément.

Un meurtre, un suicide ou un accident ? Dans les trois cas, un acte brutal. Les événements violents de la vie d'un Creusois devenu policier parisien ont fait d'Henri une victime du devoir, de tous les devoirs, de toutes les obligations morales au service d'un Etat, d'une société, d'une famille, d'une vie. Mais aussi une victime de ses démons intérieurs entretenus par un sentiment d'injustice. La douleur des blessures est un fruit bien amer. Pour ce gardien de la paix à la triste figure c'est comme si le courage et les actions s'effaçaient face à la force d'un destin.

La violence ne s'éteint pas lorsque le silence règne. La mort d'Henri reste en suspens quelque part et son mystère réapparait, flotte dans l'air. Jean-Louis, son fils né lors de cette terrible année 1910, celle de l'inondation et de l'affaire Liabeuf, a épousé une femme dont le comportement inexpliqué a brouillé les mémoires et a accumulé les rancœurs. Il est temps de comprendre ce qui s'est passé pour Aline, cette jeune fille de 16 ans en 1924 devenue l'épouse de Jean-Louis en 1930. C'est un nouveau chemin tortueux qui commence pour expliquer l'abandon de ses trois enfants. Mes émotions réclament un récit ou plutôt des récits comme pour la mort d'Henri. La vie d'Aline entre en résonance avec une partie de ce que je suis. Afin d'apaiser la mémoire dissonante et affronter ce mélange de récits, le corps, mon corps, s'impose un rituel.

Je suis assise sur un fauteuil, mes doigts frôlent mes narines. Puis mes mains se joignent et forment un creux couvrant le nez, j'inspire, je sens, je renifle toutes les odeurs. Pouce et index pliés sous les orifices du nez, les lèvres retroussées, je pince la base des narines et hume le pain grillé, l'oignon, la sueur, la fraise ou le poulet. Les ongles et la première phalange sont scannés par l'odorat. Chaque millimètre de peau et de kératine, inspecté par le filtre nasal, est une source d'évasion face au monde extérieur et le point de départ d'une concentration intérieure. Le cerveau s'active et le frôlement exacerbe les sensations. La pulpe des doigts s'agite, tapote puis glisse le long des joues. Des frémissements secouent le corps par vague régulière puis le calme l'envahit. Les doigts s'arrêtent et savourent le résonnement du silence. Ainsi, la puissante mémoire olfactive ravive les souvenirs et ouvre les portes d'un monde invisible où l'imagination rejoint le réel, où tous les récits se retrouvent ensemble. J'entends chacun d'eux et leurs sonorités vibrent encore.

***

Remerciements aux personnels des archives de l'AP-HP, des archives de la préfecture de police de Paris et des archives de Paris. Remerciements à celles et ceux dont la sensibilité et l'aide ont été capitales, ils se reconnaîtront.

SOURCES

Jean-Marc Berlière et René Lévy, Histoire des polices en France : de l'Ancien régime à nos jours, Paris, Éditions Nouveau Monde, 2011

Frédéric Lavignette, *L'affaire Liabeuf. Histoire d'une vengeance*, éditions Fage, 2011

Yves Pagès, *L'homme hérissé. Liabeuf, tueur de flics*, La Baleine, 2009

Frédéric Lavignette, *Germaine Berton, une anarchiste passe à l'action*, L'échappée, 2019

Frédéric Lavignette, *La Bande à Bonnot à travers la presse de l'époque*, éditions Fage, 2008

Guillaume Doizy et Jean-François *Le Petit Alfred le Petit, Je suis malade*, éditions alternatives, 2007

https://gallica.bnf.fr/selections/fr/html/presse-et-revues
https://www.retronews.fr
https://archives.paris.fr
https://archives.creuse.fr
https://archives.hauts-de-seine.fr
https://archives.valdemarne.fr/recherches/archives-en-ligne